天下
诗典

米斯特拉尔诗选
## 你是一百只眼睛的水面

[智利] 米斯特拉尔 著　赵振江 译　[智利] 伊莎贝尔·奥哈斯 图

北京燕山出版社
BEIJING YANSHAN PRESS

在世界的表情里面
我曾接受门赠予的表情。
我在光明中看到
它们半开或留有痕迹
并转过脊背——
颜色宛似狐狸。
为什么我们造了它们
反倒囚禁了自己?

——《门》

星星是男孩子们的龙达,
他们在捉迷藏……
麦苗是女孩子们的身姿,
她们在玩"飘荡……飘荡"。

河流是男孩子们的龙达,
他们在玩"奔向海洋"……
波浪是女孩子们的龙达,
她们在玩"拥抱大地的胸膛"。

——《一切都是"龙达"》

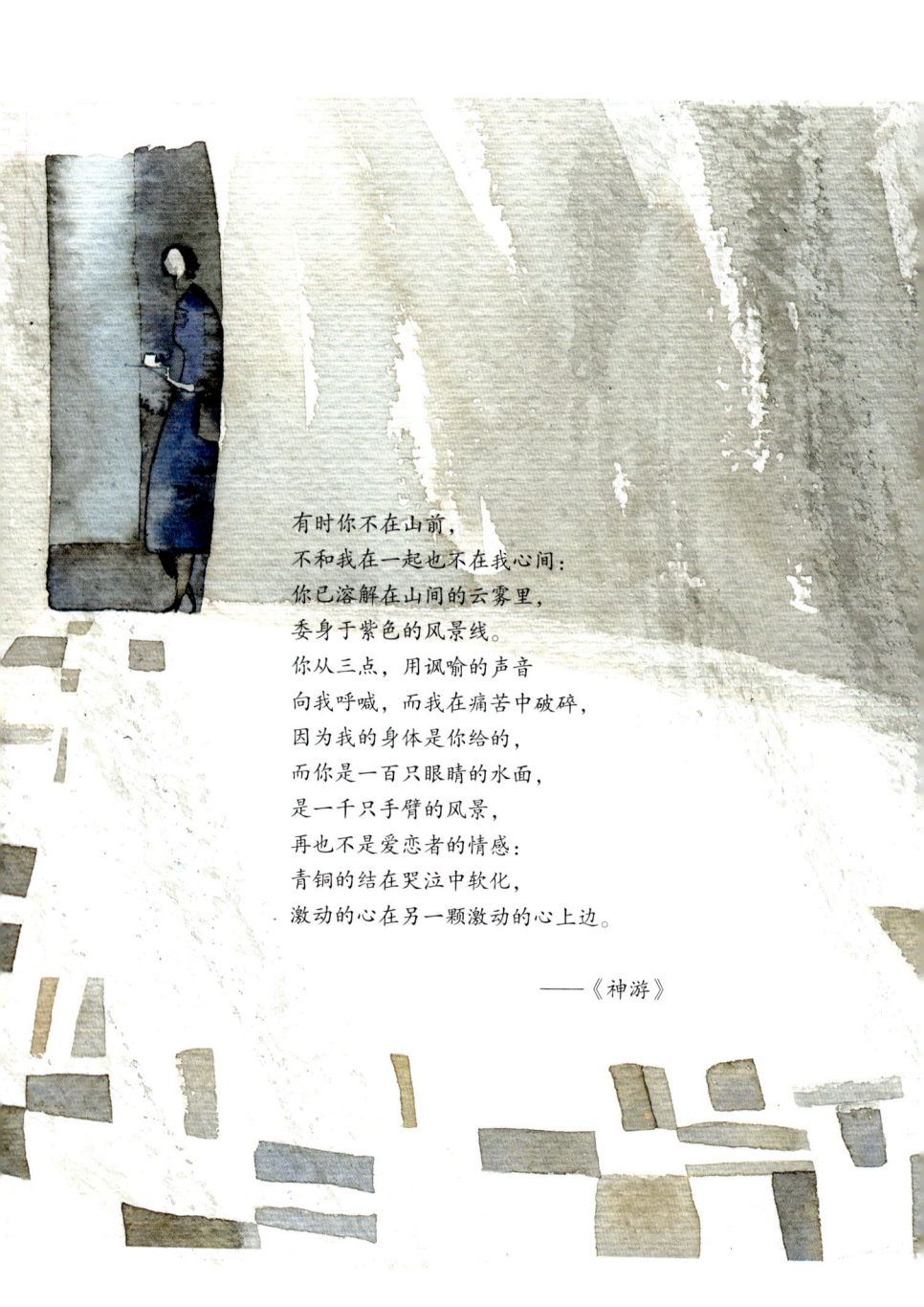

有时你不在山前,
不和我在一起也不在我心间:
你已溶解在山间的云雾里,
委身于紫色的风景线。
你从三点,用讽喻的声音
向我呼喊,而我在痛苦中破碎,
因为我的身体是你给的,
而你是一百只眼睛的水面,
是一千只手臂的风景,
再也不是爱恋者的情感:
青铜的结在哭泣中软化,
激动的心在另一颗激动的心上边。

——《神游》

我仍是你爱过的人，啊，我的生命。
不迟缓，不忘却，也不会失踪。
傍晚时来啊，我的生命！
来的时候要回忆那首歌，
只要你还能记得它，
只要你还记得我的姓名。

我会无限期地永远等着你。
别担心黑夜茫茫、雾漫漫、雨骤疯狂。
快来啊，不管有路无路。
灵魂啊，请呼唤我，在你置身的地方，
伴侣啊，不要迟疑，径直来到我的身旁。

——《你爱的歌》

# 目录
CONTENTS

洒向人间都是爱 / 001

## 绝望集
生命(选八) / 003
学校(选二) / 012
痛苦(选十七) / 017
大自然(选十二) / 044

## 柔情集
摇篮曲(选二十一) / 065
"龙达"(选六) / 088
梦呓(选三) / 096
花招(选一) / 101
思考-世界(选四) / 103
学龄前(选十二) / 109
故事(选一) / 126

**塔拉集**
母亲之死(选三)／131
幻觉(选八)／138
疯女人的故事(选二)／149
材料(选二)／156
美洲(选二)／161
思乡(选五)／170
死浪(选三)／182
生灵(选五)／188

**葡萄压榨机**
疯狂的女人们(选三)／201
自然界(选五)／207
战争(选三)／214
悲痛(选三)／221
夜曲(选二)／227
职业(选三)／233
游荡(选一)／239
时间(四首)／243

**关于智利的诗**
拉哈的跳跃／249
奥索尔诺火山／251
乌埃木尔的四时／254
必呦—必呦／260

## 散文诗选

女教师的祈祷 / 267
母亲的诗 / 269
最悲伤的母亲的诗 / 276
忆母亲 / 278
痴情的诗篇 / 283
少一些神鹰,多一些小鹿 / 287
修女胡安娜剪影 / 290
墨西哥素描 / 295
门前遐思 / 301
致墨西哥妇女 / 303
歌声 / 306
墨西哥印第安妇女的身姿 / 307
艺术篇 / 310

## 附录

诺贝尔文学奖授奖词 / 315
诺贝尔文学奖获奖演说 / 320
米斯特拉尔生平及创作年表 / 322
米斯特拉尔主要作品集目录 / 328

# 洒向人间都是爱

赵振江

加布列拉·米斯特拉尔（Gabriela Mistral，1889—1957）是拉丁美洲第一位诺贝尔文学奖获得者，也是迄今为止，获此殊荣的西班牙语作家中唯一的女性。"她那富于强烈感情的抒情诗歌，使她的名字成了整个拉丁美洲理想的象征。"

值得注意的是，在智利这样一个千万左右人口的国家，却产生了两位获得诺贝尔文学奖的诗人：加布列拉·米斯特拉尔（1945）和巴勃罗·聂鲁达（1971）。无论是诗品还是人品，两位诗人都恰恰代表了智利的两种相反相成的自然品格：如果说聂鲁达宛似南方波澜壮阔的大海，米斯特拉尔则像北部巍然屹立的高山。然而在这高耸入云的大山下面，却翻腾着炽热的熔岩，正如一位评论家所说，看上去"以为她是大理石，其实却是活生生的肉体"。

米斯特拉尔生前主要发表了四部诗集：《绝望集》（1922）、《柔情集》（1924）、《塔拉集》（1938）和《葡萄压榨机》（1954）。此外，她还在报刊杂志上发表了大量的散文作品。她去世后的第二年，智利圣地亚哥太平洋出版社出版了她的第一部散文集《向智利的诉说》。一九六七年，在巴塞罗那又出版了她的《智利的诗》。

翻开米斯特拉尔的诗集，尤其是《绝望集》，我们很快便会发现，它并不是以语言的典雅和形象的优美令人瞩目，更不是以结构的精巧和韵律的新奇使人叫绝，而是以它那火一般的爱的激情感染着读者。这里所说的爱包括炽烈的情爱、深沉的母爱和充满人文情怀的博爱。正是这种奔腾于字里行间的爱的激情,使她的作品在群星灿烂的拉美诗坛上发出了耀眼的光辉。

米斯特拉尔的青年时代正是拉美现代主义诗歌的晚期,"逃避主义"已为"新世界主义"所取代,但新的诗风尚未形成。米斯特拉尔与现代主义诗人们迥然不同,她的人生经历和诗歌创作是水乳交融、难分彼此的。因此,要研究她的诗作,首先要了解她的人生。

加布列拉·米斯特拉尔的原名叫卢西拉·戈多伊·阿尔卡亚加,一八八九年四月七日(一说为六日)生于智利北部艾尔基山谷的倒数第二个小村上。巍峨的群峰造就了诗人的品格,动听的鸟语陶冶了诗人的灵性,那"芬芳的土地"培养了诗人对大自然的热爱和对家乡的深厚感情。

对于她的血统,有人说她是西班牙巴斯克人的后裔,有人说她是迈斯蒂索人(白人与美洲土著的混血)的后裔,还有人认为她的家族有犹太人的血统。后者仅仅是根据诗人对犹太人的同情和对《圣经》的态度推断出来的,不足为凭。

米斯特拉尔的父亲名叫赫罗尼莫·戈多伊·维亚努埃瓦,曾是小学教师,但他生性好动,像个"吉卜赛人的国王",能够弹着吉他像行吟诗人一样即席演唱。在女儿三岁的时候,他离开了家乡。诗人曾回忆说:"由于他总是不在,我对他的记忆可说是痛苦的,但却充满了崇拜和敬意。"女儿从他那里继承了好动而又坚毅的性格、诗人的气质、出色的记忆力和一双绿色的眼睛。诗人的母亲叫佩特罗尼拉·阿尔卡亚加·罗哈斯,这是一位俊秀而又善良的女性,她与诗人的母女之情是感人至深的。在米斯特拉尔的童年,有两个人曾对她产生过深刻的影响:一位是她的祖母,另一位是她同母异父的姐姐艾梅丽娜。每当星期天,母亲就叫她去看望"疯祖母"。祖母是村上唯一有一本《圣经》的人,并且不厌其烦地叫孙女一遍又一遍地朗诵,从而使它成了米斯特拉尔的启蒙课本,使这本

"书中之书"在她幼小的心灵中深深地扎下了根,给她的一生留下了不可磨灭的烙印。实际上,她对《圣经》的记忆比对祖母的记忆要深刻得多。艾梅丽娜也是小学教师,比卢西拉年长十三岁,是她真正的启蒙老师。这是一个十分不幸的女性:母亲的私生女,从不知道谁是自己的生身父亲,结婚不久丈夫就死了,后来又失去了唯一的儿子。艾梅丽娜给妹妹留下了终生难忘的印象,评论家们认为,《乡村女教师》就是诗人对她的缅怀和颂扬。向姐姐学习了最初的知识以后,卢西拉曾进过艾尔基山谷的维古尼亚小学。校长阿德莱达是一位盲人,需要有人为她领路。卢西拉不卑不亢地接受了这个工作,就像后来在斯德哥尔摩接受诺贝尔文学奖一样。阿德莱达委托她为女学生们分发教材,但有些姑娘连领带偷。当这位"有眼无珠"的校长发现少了教材时,竟在全校师生面前将她当作小偷来训斥。不善言辞的卢西拉无法申辩,当场昏了过去。晚上回家时,偷教材的姑娘们早已在街上等着她,沿途用石块对她进行袭击。当她跑回住处时,已是头破血流。多年之后,米斯特拉尔已是著名诗人,有一次又回到维古尼亚,正赶上一个人的葬礼,她就信步跟着人群走到墓地。一位陌生人还送她一束鲜花,叫她放在死者的棺材上。当她询问死者是谁时,人们告诉她:"就是阿德莱达,小学的校长。她是盲人。您不记得了吗?"米斯特拉尔听后立即答道:"我永远也忘不了她!"人情冷暖和世态炎凉在卢西拉坚毅的性格中,又添加了孤僻的成分,并在她的心田上播下了神秘主义的种子。

这个在大山中长大的姑娘从小就表现出诗歌方面的天才。九岁就能即兴赋诗,把听众惊得目瞪口呆。由于经济条件的限制,她没有进过正规的学校,她的文化知识和艺术修养主要来自耳闻目睹、刻苦钻研和博览群书。但丁、泰戈尔、托尔斯泰、普希金、果戈理、陀思妥耶夫斯基、罗曼·罗兰、乌纳穆诺、马蒂、达里奥等文学巨匠都曾是她的老师,至于法国诗人米斯特拉尔(一九○四年诺贝尔文学奖获得者)和意大利诗人加布里埃尔·邓南遮对她的影响,从她笔名上即可看出。

为了维持家庭生活,卢西拉从十四岁起就开始工作,在山村小学做助理教师。她勤奋敬业,得到的却是校长和村民们的奚落和辱骂。二十岁时,她已在省内的报刊上发表诗歌和短篇小说,引起人们的瞩目。因此,从一九一〇年起,她从助理教师转为正式教师,又从小学转到中学,并先后在蓬塔·阿雷纳斯、特木科和圣地亚哥等城市担任过中学校长的职务。一九一四年,她参加了智利作家艺术家联合会在圣地亚哥举行的"花奖赛诗会",以三首《死的十四行诗》荣获了鲜花、桂冠和金奖,从此便沿着荣誉和玫瑰花铺成的道路青云直上。然而,腼腆的诗人为了逃避共和国总统和圣地亚哥市长的目光,尤其是为了逃避人群的掌声,她没有上台去领奖,而是躲在人丛中,欣赏当时任作家艺术家联合会主席职务的诗人麦哲伦·牟雷(她心目中的情人)朗诵时那"美妙"的声音。

一九二二年,应墨西哥教育部长的邀请并受智利政府的委托,米斯特拉尔前往"仙人掌之国"帮助实施教育改革。同年,在纽约的西班牙研究院出版了她的《绝望集》,这是她的成名作,也是她的代表作。两年后,她完成了在墨西哥的使命,赴美国和欧洲旅行,在马德里发表了《柔情集》,其中不少诗作是从《绝望集》中抽出来的。一九二五年二月,当她回到祖国时,像凯旋的英雄一样,受到了全社会的欢迎。从此,她开始了新的生活。智利政府任命她为智利驻"国联"(即后来的联合国)的代表和罗马教育电影学会执行委员。一九二八年,她赴西班牙参加国际妇女大会。一九三〇年,她迁居美国,在各地开设学术讲座。一九三一年,在回国途中,她访问了中美和加勒比海各国,在波多黎各和哈瓦那大学讲学,在危地马拉和萨尔瓦多的大学参加各种活动,在巴拿马参加纪念哥伦布的活动并荣获金奖。一九三二年,她开始了外交生涯。原想去热那亚任领事,但墨索里尼拒绝接受,仅仅因为她是女性,于是她不得不改去危地马拉,后来又去了法国的尼斯。一九三三年,她获得了"波多黎各女儿"的称号。同年七月,去马德里任领事(1933—1935),后又去里斯本任职(1935—1937)。从一九三五年起,智利政府任命她为"终身领事",驻地任选。一九三七年至一九三八年,她与两位诺贝尔奖获得者——著名物理学家居里夫人和哲学家亨利·柏格森——在巴黎共同为"国联"工作。一九三七年,她决定将《塔拉集》的版权收入献给在西班牙内战中失去双亲的孤儿。在第二次世界大战期间,她回到了美洲,先是居住在墨西哥的维拉克鲁斯(1938),后又迁居巴西的尼泰罗伊和佩特罗波利斯(1939—1944)。在此期间,她为《美洲丛刊》、圣地亚哥的《商报》、布宜诺斯艾利斯的《国家报》等许多报刊撰写稿件。

一九四五年,她获得诺贝尔文学奖,然后从斯德哥尔摩赴法国和意大利访问,并受智利政府的派遣,直接去旧金山参加联合国成立大会。她是联合国妇女事务委员会委员,并积极参与了联合国儿童基金会的创建工作,起草了《为儿童呼吁书》。后来曾任驻洛杉矶(1945)、蒙罗维亚(1946)和圣巴巴拉(1947—1950)领事。米尔斯学院、奥克兰大学、加利福尼亚大学先后授予她名誉博士称号,墨西哥政府专门在索纳拉送给她土地,请她在那里定居。一九五一年,她荣获了智利国家文学奖并将十万比索的奖金捐给故乡的儿童。同年,发表了谴责帝国主义冷战政策的散文诗《诅咒》。一九五〇年至一九五二年,她先后在那不勒斯和拉巴洛任领事。一九五三年,任驻纽约领事。一九五四年,哥伦比亚大学授予她名誉博士称号。同年她回到智利,受到知识界和广大人民的热烈欢迎。一九五五年,她应联合国秘书长哈马舍尔德邀请,参加了联合国大会。同年,智利政府为她颁发了特殊养老金。一九五六年年底,她身患重病,一九五七年一月十日,在纽约逝世。当她的遗体运回智利时,政府和人民为她举行了国家元首级的葬礼。

为了更好地理解米斯特拉尔的诗作,尤其是为了理解她的《绝望集》,我们不能不谈谈她的爱情悲剧。众所周知的是:一九〇六年至一九〇七年,卢西拉认识了一个名叫罗梅里奥·乌雷塔的铁路职员,并且一见钟情。至于小伙子对她的感情如何,评论家们各说不一,但可以肯定的是,乡村女教师没有得到相应的回报,这令她痛苦不已。后来罗梅里奥"和别的女人走了",这更深深地刺伤了她那颗幼年时已遭冷遇的心。罗梅里奥是一位讨人喜欢的青年,面貌清秀,性格腼腆。一九〇九年十一月二十五日,当他就要与另一位姑娘结婚时,却因"挪用公款"(将铁路款项借给一位急需的朋友,后者无法按期归还)而开枪自杀。据米斯特拉尔的好友萨维德拉·莫里娜说,由于人们在死者的衣袋里发现了卢西拉写给他的明信片,这使女诗人感到痛苦、怨恨、怀念和内疚。这种复杂的心情就是《绝望集》中许多诗篇的灵感之源。

在这里需要指出的是,许多文学史家和专门研究米斯特拉尔的文学评论家——其中也不乏女诗人的好友,都认为在她的一生中,只有上述一次恋爱,即所谓"伟大而又唯一的爱情",本文作者以前也是这么认为的。最近阅读了费尔南德斯·拉腊茵出版的《加布列拉·米斯特拉尔爱情书简》,才知道这并非实情。事实是,卢西拉有过三次失败的爱情:一次是十五岁时的早恋,对象是比她年长二十三岁的庄园主阿尔弗雷多·维德拉·皮内达,这是"无法实现的爱情";第二次的对象便是罗梅里奥·乌雷塔,这是一次火山爆发般的爱情;第三个对象是当时已负盛名的诗人曼努埃尔·麦哲伦·牟雷(1878—1924),这时的卢西拉已经成熟、冷静,这是一次长达十年之久的柏拉图式的爱情。遗憾的是在《加布列拉·米斯特拉尔爱情书简》中,没有一封是写给麦哲伦·牟雷的,不过从那些滚烫的诗句里,读者可以体会到女诗人爱得是何等的纯真和炽烈。在参加"花奖赛诗会"之前,卢西拉已经结识并爱上了曼努埃尔·麦哲伦·牟雷。他是一位现代主义抒情诗人,是当时的智利作家艺术家联合会主席,也是赛诗评委会主席。由于卢西拉没有公开出席颁奖仪式,三首《死的十四行诗》是由他朗诵的。曼努埃尔·麦哲伦·牟雷是一位仪表不俗(他像阿拉伯国家的国王一样蓄着美丽的胡须)、风格隽永的诗人,是智利现代主义后期的代表人物之一。诚然,他们之间的爱情没有也不可能有什么美好的结局,因为当时这位"美髯公"早已和比他年长十岁的表姐成亲,而且他从小就爱慕这位大表姐。在米斯特拉尔赴墨西哥的前一年,麦哲伦赴欧洲旅行,从此他们再也没有见过面。麦哲伦·牟雷于一九二四年因心绞痛突发,死在弟弟家中。当时米斯特拉尔正在欧洲访问,她保持沉默。三年之后,当劳拉·罗迪格为麦哲伦雕刻的纪念碑矗立在植物公园时,她在一九二七年四月十七日的《商报》上发表了一篇题为《智利人:曼努埃尔·麦哲伦·牟雷》的文章。由此,人们明白了她沉默的理由:"现在已可以评论此人,时间的距离已使爱的激情有所缓解。""因为这纪念碑使他离我们远了一些,尽管是人为的,逝去的岁月似乎成倍地增加了……"在谈及他们的友谊时,米斯特拉尔说:"择友就像蜜蜂选择玫瑰一样,选中之后,友谊便是持久和美妙的。"这持久而又美妙的友谊在爱慕与激情中将他们连在一起,达十年之久。对他的人品,女诗人回忆说:"他是一个白皙、纯洁的美男子,谁见了他都会喜欢:女人、老人或孩子。"她认为:"美洲山谷里最富有诗歌天才的头脑或许就是何塞·阿松森·席尔瓦和我们的麦哲伦。"在一九三五年五月五日《商报》上发表的另一篇文章中,诗人再一次敞开了心扉:"任何一个种族都会愉快地接受这高贵的尤物。我很喜欢看这个人,他充满生活的风采,却朴实无华,宛似植物中的精品:同时散发着自然与灵秀之气。"

十五岁至三十五岁这二十年,这是人生最宝贵的年华,米斯特拉尔却是在痴恋、苦恋和失恋中度过的。对爱情,她从痴迷到清醒,从热烈到冷静,从幼稚到成熟,悲多于喜,苦多于乐。她从不隐瞒自己的情感,当然也不愿让别人评头品足。

下面,我们来谈谈米斯特拉尔的诗歌作品。

《绝望集》是加布列拉·米斯特拉尔的第一部诗集,也是她最有影响的一部诗集。当一九二二年在纽约出版时,全书共分七个部分,其中五卷是诗:生活、学校、童年、痛苦、大自然;另外两卷是散文诗和故事。《绝望集》这个总标题并不适合全书,然而却起到了画龙点睛的作用,因为全书中最有感染力的作品是那些泪水凝成的爱的诗篇。在这些诗篇中,人们很难将诗人的想象与她的切身经历区别开来,因为无论想象还是经历都是诗人心灵不可分割的组成部分。加布列拉·米斯特拉尔内心的激情与表面的平静形成了鲜明的对照,正像一座白雪皑皑的火山,一旦它打破沉默,沸腾的岩浆便会毫无顾忌地喷发出来,这并不是为了装点周围的环境,而是为了求得内心的平衡。正由于诗与人的融合太紧密了,米斯特拉尔最初"不同意搜集自己的作品",可在答复纽约西班牙语研究院的时候,她还是寄去了这个集子,"其中无论已发表过的还是未发表过的作品,都是首次汇编成册"。

《绝望集》的内容有三部分:爱情、大自然之美与宗教的神秘。作者在编排时,有意将三部分内容混杂起来,时间顺序也有颠倒,这或许是一种障眼法,或许是她不愿公开打破女人从一而终的浪漫神话。然而在了解了米斯特拉尔的人生经历之后,我们大体上能够看出这些作品的来龙去脉。

当爱情的种子萌发时,诗人还是一位天真无邪的姑娘,一位心地善良的乡村小学教师:

> 纯洁的教师。"温柔的园丁,"
> 她说,"这是将耶稣继承,
> 眼睛和双手要保持洁净,
> 用圣油的清亮给人以光明。"

——《乡村女教师》

虽然多数评论家认为这是艾梅丽娜的写照,但显然也包含着诗人自己的影子。就在那个时候,初恋使正值豆蔻年华的卢西拉又惊又喜,她似乎闯进了一个美妙的世界,那里春光明媚,令人心驰神往:

　　自从你和我订下婚姻,
　　世界多么美丽动人。
　　当我们靠着一棵带刺的树
　　相对无言,默默倾心。
　　爱情啊,像树上的刺儿一样
　　将我们穿在一起,用它的清馨!
　　　　　　　　　——《天意》

对年轻的女诗人来说,爱情像阳光和空气一样,是维持生命必不可少的元素。为了神圣的爱情,她不惜牺牲自己的生命。因此,当她在半蒙眬、半清醒的状态中接受亲吻的时候,竟会产生死的联想:

　　你不要将我的双手紧握,
　　长眠的时刻终将来临,
　　交叉的手指上笼罩着阴影
　　还有厚厚的一层灰尘。
　　　　　　　　　——《警示》

在爱的陶醉中产生死的念头,这是多么大的反差!然而这正是米斯特拉尔的个性,用扑朔迷离的带有浓重宗教色彩的语言,赤裸裸地抒发爱的情感。《警示》的最后两句用一个富有诗意的形象给这爱的举动下了定义:"穿透肌体的神圣之风",用普通的话来说,这就是繁衍后代、生儿育女的呼声,就是驾驭人和动物的大自然的意志,而人总是力图使其升华以保全自己的贞操。

女诗人对爱情的疑虑并非无病呻吟,在她与情人之间,果然出现了第三者。小伙子见异思迁,疏远了乡村女教师。一首抒情《歌谣》向我们展示了诗人激荡的心潮:

> 他和别的女人走了,
> 我看见了他的身影。
> 风依然柔和,
> 路依然平静。
> 可我这双可怜的眼睛啊
> 却看见了他们的身影!

由于许多评论家都认为这痛苦的失恋是米斯特拉尔《绝望集》的源泉,她的选集上几乎都收录了这首小诗,有的还把它印在封底上。

女诗人与恋人决裂了,然而她心中的爱情之花并没有凋谢,它变成了渴望,变成了烈火,变成了痛苦、怨恨和诅咒。如果说初恋的情歌是情不自禁地哼出来的,现在则是咬牙切齿地大声疾呼:

> 如果你不和我一起行走,
> 上天会叫你失去阳光;
> 会叫你没有水饮,
> 如果水中不映着我的形象;
> 会叫你彻底不眠,
> 如果你不是枕在我的发辫上。
>
> ——《天意》

一九〇九年十一月二十五日，罗梅里奥·乌雷塔朝自己的太阳穴开了一枪。她悲哀、绝望、怨恨、愧悔，有时甚至到了想入非非的地步。她的激情像山洪一样汹涌澎湃，汇成了那三首使她成名的《死的十四行诗》：

> 人们将你放在冰冷的壁龛里，
> 我将你挪回纯朴明亮的大地，
> 他们不知我也要在那里安息，
> 我们要共枕同眠，梦在一起。

在探讨这三首诗的灵感之源时，评论家们各执己见、其说不一，贡萨莱斯·维拉的论点却是大家都接受的。他说："那个青年的姓名、相貌、品格并不重要，重要的是他是个幸运儿，因为他激起了如此炽烈、细腻、温柔、动人、持久的爱情并酿成了如此玄妙的光环，这在卡斯蒂利亚语诗坛上是史无前例的。"《陶杯》《祈求》《徒劳的等待》等诗作也是这个时期的产物。

时间的流逝、远离家乡的漫游和繁忙的工作使诗人的心绪逐渐平静下来，然而尽管情人的形象在她的记忆中已不甚清晰，但心头那一缕情思却依然藕断丝连：

> 当你欢笑时是什么模样？
> 当你爱我时是什么形象？
> 当你的眼睛还有灵魂
> 它们放射出什么样的光芒？
>
> ——《短歌》

在《绝望集》中，还有一首极具特色的诗篇，这就是《儿子的诗》。这首诗是米斯特拉尔于一九一八年担任蓬塔·阿雷纳斯中学校长,上任的第一天写的。它记载并精确地描述了诗人的爱情悲剧,而且在诗歌素材方面独辟蹊径:不单纯是性爱与恋情,而且有做母亲的渴望。这灵感又激发她创作了另外两首同样优美的诗:《不育的女性》和《孤独的婴儿》。前者具有轻微的巴洛克风格,后者虽然也是一首十四行诗,却很像信口哼出来的摇篮曲。它们从不同的侧面表现了诗人心灵深处的感受,都是不可多得、脍炙人口的作品。

细心的读者会发现,米斯特拉尔情诗的韵味是有变化的。《相逢》《天意》《死的十四行诗》《祈求》等作品,笔锋如刀,激情似火,显然是她与罗梅里奥的爱情的产物。《爱是主宰》《警示》等作品的风格已渐渐趋于缓和,不再是哭诉、呐喊或呻吟,诗人已更加成熟和冷静,语言已不再那么苦涩、辛辣,不仅有些甜润,有时还流露出一点妩媚和俏皮,内容虽然还离不开痛苦,但却有轻音乐的味道。至于像《痴情》《默爱》《羞愧》《苦恼》《儿子的诗》《夜曲》《不寐》等作品,则表现了她对待爱情一贯的精神状态。杜尔塞·马丽亚·洛伊纳斯曾这样写道:"如果说加布列拉·米斯特拉尔为自己创造了一个世界,一个像我们在《绝望集》中所发现的如此美丽动人的世界,那么她就不仅仅是写了一本书:她窃得了神火,而且没有自焚。"我想,这是对《绝望集》最形象的概括与评估。

《绝望集》中还有一组抒情漫笔式的释义性散文——《母亲的诗》。这是一束别具一格的小花,它以自己独特的风格装点了文坛。这是孕妇甜蜜的畅想曲,是母亲深情的赞美诗。这一类关于母爱的题材在《柔情集》中得到了更充分的体现。

《柔情集》中的诗作大都是儿歌或摇篮曲。米斯特拉尔的摇篮曲立意新颖,内容含蓄,语言流畅,令人感到母子之情像小溪一样温柔,像大地一样宽广:

> 娘的宝贝要睡眠,
> 红日西斜已下山。
> 闪光只有露水珠,
> 发白只有娘的脸。
> ……
> 为娘开口把歌唱,
> 并非只摆儿摇篮:
> 来回牵动小绳索,
> 是为大地来催眠。
>
> ——《夜晚》

米斯特拉尔的儿歌不仅感情细腻、情趣高雅,而且饱含着浓厚的生活气息:

> 渔家小姑娘,
> 不怕风和浪。
> 睡脸像贝壳,
> 渔网罩身上。
> ……
> 睡得多香甜,
> 胜似在摇篮。
> 嘴里是盐味,
> 梦里是鱼鲜。
>
> ——《渔妇的歌》

作为教师,米斯特拉尔非常重视对孩子们的教育,更懂得寓教于乐的道理。因此,她创作的儿歌,虽然常常渗透着宗教思想,却总是以游戏和歌唱的形式引导孩子们去追求真善美,培养他们团结、互助、热爱祖国和尊重大自然的崇高品德。总之，格调清新、内容健康、语言朴实是《柔情集》的基本特征。本书里《柔情集》的最后两首诗——《大树的赞歌》和《小红帽》选自《柔情集》的最后两卷："学龄前"和"故事"。前者歌颂了大树对人类无私奉献的伟大品格；后者则告诉孩子们分清善恶的重要性，这是根据法国诗人佩罗的童话著作改写的。这两首诗表明米斯特拉尔的作品已经从情爱和母爱向着人道主义的博爱转化，表明了她的创作已经进入了一个新的时期。

《塔拉集》是米斯特拉尔的第三部诗集，有人称它为"神秘莫测"的诗集，这是因为在这部诗集中，诗人已改变了原来朴实无华、清晰明朗的风格，语言变得神秘，意境变得朦胧，不少作品已经具有明显的先锋派的特征。正因为这样，评论家们对这部诗集的评论，也是见仁见智，众说纷纭，甚至针锋相对，得出完全相反的结论。笔者认为，诗人终于摆脱了个人爱情悲剧的阴影，眼界更加开阔，心胸更加宽广，诗的题材也更加丰富，这无疑是一种自我超越，至于创作风格的改变，在拉丁美洲，从现代主义向先锋派的过渡，这是诗歌史发展的趋势和潮流，是无可非议的。当然，发展会有曲折，创新不总是成功。但无论如何，革新的精神是应该肯定、赞扬并发扬光大的。否则，历史就会停滞不前。

诗集的题目让人莫名其妙。何谓"塔拉"？评论家们也说不出个所以然。在西班牙语中，这个词有"砍伐"的意思，又是一种小孩子的游戏，类似我们北方孩子的打奅（陀螺），在阿根廷等地它是一种带刺的树，在智利还指在收割过的土地上放牧，叫牲口吃未割净的牧草，诸如此类，不一而足。这个词在梵文中是"平地"，在古日耳曼语中是"语言"，在葡萄牙语中是"木板"……作者取哪一个含义，我们不得而知。索性就音译为《塔拉集》，这是个偷懒却又保险的译法。

《塔拉集》的内容比较丰富，包括《母亲之死》《幻觉》《疯女人的故事》《材料》《美洲》《智利的土地》《"智利之诗"的碎片》《思乡》《死浪》《造化之子》《留言》等部分，还有十页散文注释。正如作者向我们提示的那样，"该书有《绝望集》的某些残余"，然而爱情悲剧在诗人心中激起的狂涛，如今已变成了"死浪"。《死浪》中包括六首情诗，它们的语言和情感与《绝望集》迥然不同，它们不过是《绝望集》遥远的回声罢了。尤其是其中的《墙壁》，形象地表现了诗人爱的寂寞和在人际交往中的孤独。有人说，正是由于孤独，人们才与诗神对话，才会有好的作品问世。这显然并非普遍规律，但米斯特拉尔确实经常生活在孤独之中。

《塔拉集》中的诗句所以写得比较隐晦，除了先锋派诗歌的影响，与作者的心境也不无关系。从《绝望集》到《塔拉集》，有两件事情使诗人难过：一九一五年的父亲之死和一九二九年的母亲之死。前者正值她沉溺于爱情悲剧的绝望之中，因而没有在她的诗中留下痕迹。母亲之死则不然，在《塔拉集》中留下了广泛而又悲痛的回声，并引发了她的宗教信仰危机。虽然她自称是百分之百的基督徒，耶稣的名字也的确在诗句中反复出现，但她是把宗教作为一种道德标准来对待的，她追求的是一种社会的民主和人类的博爱。此外，她对佛教和东方哲学也产生过比较浓厚的兴趣。在对待命运和死亡的态度上，加布列拉·米斯特拉尔不同于达里奥和乌纳穆诺，也不同于圣特莱萨和圣胡安·德·拉·克鲁斯，他们要么是紧紧地抓住现实生活不放，要么是渴望尽快到上帝面前去领略静修的快乐。米斯特拉尔的态度是矛盾的，她既不相信死是生命的终点，却又认为它是"现实我"的结束和消亡。她相信，或者说她希望，死后能在某个星球或某个角落里与自己的情人相会，在那里能逃脱人们的眼睛。她认为在睡梦中能做到这一点，这便是类似呓语般的诗句的来源。然而《塔拉集》中的诗篇也并非都是隐晦的，像《神圣的记忆》《饮》《我们都该是女王》等诗篇，都是感情深沉、格调明快的佳作。尤其是《美洲》部分的两首颂歌，气势恢宏，风格豪放，也是当时诗坛上不可多得的作品。

《葡萄压榨机》于一九五四年发表，其中收录的大多是第二次世界大战期间以及战后的作品。战争给诗人带来极大的痛苦。她对野蛮的战争充满了仇恨，为了和平事业而大声疾呼。当纳粹集团大规模屠杀犹太人时，她愤怒谴责"希特勒使德国丧失了部分宝贵的精神财富，这是无法用物质来估量的损失"。她从自己隐居的地方对世界各地的被压迫者、对战争中失去双亲的孤儿和集中营里的受难者表示了深切的同情和积极的声援，这使得希特勒和墨索里尼大为恼火。"二战"以后，她积极参加保卫和平运动，为维护妇女和儿童权益而四处奔走，在外交活动中坚决反对帝国主义的侵略行径。这一切使她的思想感情产生了明显的变化，她更加同情广大的劳动人民，因而创作了像《工人的手》和《织布机的主人》这样的作品。

就在《葡萄压榨机》发表的第二年，米斯特拉尔的健康状况急剧恶化，到一九五六年，她几乎已经不能进食。她患有糖尿病和动脉硬化，而最终夺去她生命的是胰腺癌。一九五七年一月十日凌晨，她在纽约的医院里逝世。联合国当天就召开了特别会议，为她举行了隆重的追悼仪式。她的遗体由智利大使护送回国，当时安葬在圣地亚哥公墓。一九六〇年一月二十三日，按照她生前遗愿，将她重新安葬在故乡蒙特·格兰德的山坡上。墓前的石碑上刻着：

*灵魂为躯体之所作*
*正是*
*艺术家对人民之所为。*

修订于二〇一五年岁末

绝望集

# 生命（选八）

## 思想者罗丹

用粗糙的手托着下巴，
"思想者"想到墓穴的肌体，
不幸的肌体，在命运面前赤裸的肌体，
仇恨死亡的肌体，曾因美而战栗。

他在整个热烈的春天，为了爱而战栗，
而现在，到了秋天，却沉浸于忧伤和真理。
在锐利的青铜上，"我们会死"的念头
掠过他的前额，当黑夜开始之际。

他的肌肉在烦恼中痛苦地开裂。
他肌体的垄沟充满了恐惧。
宛似秋天的叶片一样裂开。

向着在青铜中呼唤他的坚强的上帝……
平原上没有被太阳折曲的树木，也没有肋部
受伤的雄狮，像思考着死亡的人一样弯屈。

## 倔强的女人

我记得你的面庞,它注视我的成长,
你穿着蓝色的裙子,前额被晒得发光。
在我的童年,在我肥沃的土地上,
我见你犁开黑色田垄,头顶四月的骄阳。

酒店里,他将混浊的大杯举到头上,
使一个爱子紧贴你藕荷色的胸膛。
回首往事,你痛心疾首,
播下的种子却平静安详。

来年一月我见你将儿子的小麦收割,
我睁大眼睛注视你,却不知为什么
你是那么迷人,我有泪珠滚落。

我至今仍愿将你脚上的泥土亲吻,
尘世中找不到你这样的女人,
我将用歌声铭记你的耕耘。

## 不育的女性

不能在怀中摇动婴儿的女性,
婴儿的香气沁入她的内心,
她的胸怀像大地一样空旷;
无限的忧伤浸透她的灵魂。

百合使她联想到幼儿的双鬓；
钟声向她要求另一个祈祷的声音；
宝石色乳峰里的泉水也在询问
为什么他的嘴唇搅乱了自己平静的波纹。

看到她的眸子，人们会想起锄头的耕耘；
会想到当她在儿子的眼睛上瞩目凝神
惊喜的目光绝不会看到十月的落叶纷纷。

听到麦浪她会加倍地抖动。
一个行乞的孕妇也会羞得她满脸通红，
因为人家的乳房像一月的丰收一样欣欣向荣！

## 孤独的婴儿
### 致萨拉·胡伯内尔

听到哭声我停在山坡上，
走进路边小屋的门廊。
婴儿欢快的目光，从床上投向了我，
甘甜似美酒使我陶醉异常。

母亲迟迟未归，躬身操劳在耕地上，
孩子醒来，寻找玫瑰色的奶头哭声凄凉，
我把他紧紧地抱在自己的怀里，
一首摇篮曲油然而生，嘹亮悠扬……

月亮透过敞开的窗户将我们凝望，
孩子已经入睡，歌声还在回荡，

像是新的光源，照得我心花怒放……

当母亲颤抖着打开房门，
看见我脸上洋溢着幸福的光芒，
就听任婴儿在我的怀里畅游梦乡！

## 正义者之歌

胸膛，我基督的胸膛，
鲜血不停地流淌，
胜过一道道夕阳：
自从我看到了你
便献出了自己的血浆！

我基督的手，
宛似另一个眼皮
因被割开而哭泣：
自从我见了你
我的手已不再行乞！

我基督的双臂，
张开的双臂，
总是来者不拒：
我已学会了拥抱
自从看见你！

基督的肋部，
另一片张开的唇

将生命灌溉：
自从看见了你，
便将自己的伤口撕开！

基督的视线，
为了不看自己的躯体
仰望着苍天：
自从看见了你
我就不再将自己
淌血的生命观看！

基督的身体，
我看见你悬在那里，
依然在十字架上。
当人们为你拔出钉子
我将放声歌唱！

将在几时？几时？
已有两千年，
我在你的脚下等候
终日泣涕涟涟！

## 怀　　念

阿马多·内尔沃①，微笑的嘴唇，温柔的侧影，
阿马多·内尔沃，诗歌与平静的心灵：

---

① 阿马多·内尔沃（1870—1919），墨西哥诗人。

当我写给你的时候,墓板已经遮住了你的前额,
漫天的白雪飘落——无垠的寿衣
那恐怖的白色覆盖了你的面容。

你曾这样写给我:"我像孤独者一样感伤,
但我却让平静掩盖了自己的颤抖,
掩盖了对寿衣和坟墓残酷的苦闷
以及对耶稣基督、我的上帝的强烈的渴望。"

想到再没有能贡献你甜蜜的蜂房;
在众多仇恨的语言中你的语言意味着和平;
搅拌苦涩的歌随风而去,将有
几多烦恼,你却默不作声。

当年从你歌唱的地方,我开始新的一天。
多少个夜晚,你的诗句伴我安眠。
因为有你的存在,我依然坚强勇敢;
你的光明驱散了昏暗。可现在
你已不再是你,满身灰尘,默默无言!

我从未见过你,也无缘再见,天命使然。
谁合拢了你的双手?谁在你的墓畔
用破碎的声音,将悼亡的经文诵念?
谁使你映入了上帝吃惊的眼帘?

我在世间仍有许多工作的岁月,何时能
相见,何地能相逢并向你诉说我的苦衷,
或许在南十字座上,它颤抖着将我遥望,

或许在更远的地方,风儿在那里默不作响,
我的心灵,因为不纯而高攀不上?

当你进入自己迷人的蓝宝石的王国,
请记住我——痛苦的灰烬和泥浊。
在上帝的影子下,喊出你知道的事物:
你见过我们,我们是孤儿,孤独凄凉。
任何痛苦的肌体都在请求死亡!

## 未　　来

萧瑟荒索的寒冬,
将掠过我的心灵。
日光会将我刺伤,
歌声会使我溃疡。

平直稀疏的发缕
使我满面倦容。
六月紫罗兰的馨香
也会使人丧生!

母亲的太阳穴
盖上了灰土层层,
我的两膝当中
不会有金发的儿童。

为了不搅动坟墓,
我不看麦地天空,

重新牵动死者
我的心一定会发疯。

我所寻求的人儿
已经朦朦胧胧，
就是进入极乐
也不能与他重逢。

## 特莱莎·普拉特斯·德·萨拉泰亚

春光依旧，她却已不在人间，
真使我比乞丐还要可怜。
尽管二月的谷物堆满了场院，
太阳失去了光辉，谷穗也变得黯淡。

沉默不语、羞涩、文静，
只有一副肌体的外形，
但一开口便显出生命的活力，
世人与她接触便能净化心灵。

她那一双大大的慧眼
像两把利剑将世界洞穿。
俯视大地她不会惊叹：
对人间的一切她早已了然。

头顶烈日在荒原上跋涉三千年
也不会像她那样疲惫不堪。
汇集百川却口干舌燥，

她是生命之泉却挣扎在死亡的边缘。

如今我不问她是灰烬还是灯盏。
我知道她光荣才哭着将她称赞，
但我哭的是自己渺小、优柔寡断；
跌倒怕沾污泥，欲走却又畏难。

她尸骨芬芳胜过明媚的春天，
脸庞就像终于见到的上帝的容颜。
她若再还人世会把我的灵魂洗涤，
她若再睁双眼会把我完美地送到上帝身边。

# 学校（选二）

## 乡村女教师

### 致费德里科·德·奥尼斯

纯洁的教师。"温柔的园丁，"
她说，"这是将耶稣继承，
眼睛和双手要保持洁净，
用圣油的清亮给人以光明。"

贫穷的教师。她的天地不比世人。
正如以色列痛苦的布道者一样。
穿着褐色的裙子，手上全无装饰
可她的精神却闪烁着高贵的光芒！

欢乐的教师。遭受创伤的可怜妇女！
她的微笑像是好心的哭泣。
在破旧的红凉鞋上面
正是她神圣的瑰丽花絮！

多么温柔啊！她是一条甜蜜、丰满的河流，

痛苦的猛虎狂饮不休,
利刃打开了她宽广的胸口,
留下了爱情无限的忧愁。

农夫啊,你的儿子从她的话里
将赞美和祈祷的诗句学习;
可你却不吻她如花的心灵就扬长而去,
全不见她身上闪着启明的晨曦。

农妇啊,曾记得你对她的名字
议论得多么粗鄙不堪,
多少次与她相逢却视而不见,
对儿子的哺育,她比你有更大的贡献!

她精雕细刻的犁杖为孩子耘耕,
犁开道道田垄,播下完美的心灵。
她闪光的美德像飘飘瑞雪,
难道你不该将道歉的话语说上一声?

直到死神催她起程的那天,
她还像圣栎树庇护在林间。
想到长眠的母亲在将她等待,
面对死神她毫不怨言。

睡在上帝的怀抱,像月亮铺成的软床,
她的枕头是天上的星象;
圣父为她唱着摇篮曲,

和平像丝丝细雨洒在她的心上。

她的心灵像满满的酒杯一样
带来一切永恒的玉液琼浆；
她的生命是圣父常开的缝隙，
不断扩展给人间光亮。

因此，就连她的骨灰
也使玫瑰园放射火光。
（守墓人告诉我）当人们踩到那里的土地，
脚掌都会散发出芳香！

## 圣栎树

### 致教师布里希达·瓦尔克尔小姐

一

这强悍而又娴雅的女子的灵魂，
深沉时甜蜜，爱恋时严谨，
像一棵枝叶芬芳、光彩动人的圣栎，
沿着她粗壮的枝干攀缘着盛开的花神①。

结实的栎树啊，柔和的夜来香，
交织成她玫瑰色的心房。
虽然高大挺拔，你一眼就会发现

---

① 指花神木。

她的叶片上有激情在荡漾。

两千只云雀在她那里学习歌唱,
乘风飞向四面八方,
去栖息在极乐的天堂。

崇高的圣栎树啊,让我吻你伤痕累累的树干,
让我高高地举起右臂
久久地祝福你上帝造就的神圣身躯!

二

云雀的巢儿沉重,你昂首挺胸,
乐意负荷,从不避重就轻。
敏感的叶子为什么摆动,
只想让树荫更宽更浓。

生活之风掠过你的叶丛
温柔无声,如情似梦;
沸腾的生活弹奏你的琴弦,
像上帝的节奏一样平静。

接受那么多的鸟巢,容纳那么多的歌声;
你的胸怀放出那么多的馨香,
给人那么多的享受,那么多的爱情。

这使你挺拔的树干变得神圣
使你不朽的树冠变成美的象征,
秋天过去,你依然郁郁葱葱!

## 三

崇高的圣栎树啊,我要为你歌唱!
让人类邪恶的樵夫在你面前放下刀斧,
愿你的树干里没有痛苦的泪水流淌,
当上帝的光芒照到你的身上,它的胸怀
会变得温柔宽厚,就像你的胸怀一样。

# 痛苦（选十七）

## 相　　逢

小路上，遇见了他。
水面依然如故，
玫瑰未开新花；
可我的心灵却又惊又怕。
可怜的女人啊，
泪水挂满了面颊。

他哼着小曲
本是漫不经心，
可一看见我
歌声就变得低沉。
我看看那条小路
奇异得如同梦境。
宝石般的晨曦中，
我脸上珠泪纵横！

他边走边唱，
带走了我的目光……

在他的身影后面
芳草一如往常。
这有何用!
我的心灵在空中激荡!
虽无人将我伤害,
我却眼泪汪汪!

当夜他没有失眠,
我却守着孤灯未曾合眼,
由于他全然不知,
我的情思没刺伤他松香色的胸膛,
也许他在梦中
会闻到金雀花的芳香,
因为一个可怜的女人
脸上眼泪汪汪!

独来独去,我并不畏惧;
又饥又渴,也未曾哭泣;
可自从与他相遇,
上帝就让我充满了忧虑。
母亲在床上为我祈祷,
一片诚心诚意。
可今后我的脸上
也许永远残留着擦不干的泪迹!

## 爱是主宰

在田垄间自由来往,在清风中展翅飞翔,

在阳光里欢腾跳跃，与松林紧贴着胸膛。
你能忘却邪恶的思想，却无法将它忘在一旁：
你不能不聆听它的主张！

它的语言铮铮作响，它的语言像莺啼燕唱，
既有和风细雨的乞求，也有命令似的惊涛骇浪。
不要做出狂妄的神态，也不要装出愁苦的模样：
对它的接待可要周详！

它是一副主人的模样，借口软化不了它的心肠。
它能打破鲜花的酒杯，也能劈开冰冻的海洋。
你不能拒绝它的留宿，不能开诚布公地言讲：
对它的接待可要周详！

细致的反驳头头是道，
智者的论据，女人的温良。
除了神学，人类的科学能拯救你：
对它的信念可要坚强！

它用麻布将你蒙上；你却会对它顺从忍让。
它热情地将你拥抱，你无法摆脱它的臂膀。
它向前行走，你会盲目地跟上，
尽管知道前面是地狱不是天堂！

## 默　爱

如果我恨你，我的仇恨
会斩钉截铁地对你说，

可如今我爱你,对人类
如此含糊的语言却信不过!

你愿它化作一声呼唤,
来自深深的心底,
可它还没出胸膛和喉咙,
灼热的激流已有气无力。

我本是一座涨满的池塘,
可对你却像干涸的泉眼一样。
一切都由于我痛苦的沉默,
它的残暴胜过死亡!

## 痴　　情

天啊,此刻请闭上
我的眼,冻结我的唇,
因为时间已多余,
言语全说尽。

他看我,我看他,
久久没说话,
目光在死亡中凝滞,惊恐
在我们惨白的脸上挣扎。
经过了这样的时刻,
一切都成了虚话!

他声音颤抖，
我结结巴巴，
忧伤苦闷，
糊里糊涂地回答。
我讲了他和我的命运
注定是血和泪的混杂。

从此后，我知道
一切都成了虚话！
任何脂粉都会在泪水中
消融，流下我的脸颊！

耳听不见声音，
嘴不能说话。
在毫无生气的大地上
一切都失去了意义，
无论是血红的玫瑰
还是沉默的雪花！

天啊，我不曾将你呼叫，
哪怕是辘辘饥肠，可现在
我却要求你：停止我的脉搏，
将我的眼睛闭上！

请为我遮挡清风，免得
把他的话语吹向远方；
请让我摆脱烈日，
免得烈日会驱散他的形象。

请接受我吧,我激情满怀地前往,
激情满怀!像丰润的大地一样!

## 警　　示

你不要将我的双手握紧,
长眠的时刻终将来临,
交叉的手指上笼罩着阴影
还有厚厚的一层灰尘。

你会说:"我对她
已无情意,她的手指
如同脱了粒的谷皮。"

你不要把我亲吻。
黯淡的时刻终会来临,
在潮湿的土地上
我将没有你要吻的双唇。

你会说:"我爱过她,但爱情
已经枯亡,因为她已经不能散发
金雀花一样的吻的芬芳。"

这样的话语令我悲伤,
你却胡言乱语,盲目癫狂,
说什么即使指头已经折断
我的手也要放在你的前额上,
我呼出来的气息也将落在

你充满焦虑的脸庞。

因此,你不要碰我。
当我用伸开的臂膀,
用我的双唇和脖颈,
表示奉献我全部的爱情,
那是我在将你欺骗,
可你,却以为吻到了一切,
被哄得像一个幼稚的儿童。

因为我的爱
不仅是这具疲惫僵硬的躯体,
它使我一直不能腾飞
而且一碰那苦行衣就瑟瑟战栗。

我的爱是吻的内涵,而不是唇;
它冲破的是喉咙,而不是心胸:
它能穿透我的肌体,
是一股翱翔的神圣之风!

## 天　　意

### 一

大地会变成继母,
如果你出卖我的灵魂。
河水会变得凄凄惨惨,
从上到下冷汗淋淋。
自从你和我订下婚姻,

世界多么美丽动人。
当我们靠着一棵带刺的树
相对无言,默默倾心。
爱情啊,像树上的刺儿一样
将我们穿在一起,用它的清馨!

大地会叫你毒蛇缠身,
如果你出卖我的灵魂。
我要毁掉痛苦的膝盖,
你会永远断子绝孙。
耶稣的光辉将在我胸中熄灭,
一反常态——在我的家门:
乞丐的手臂会被打断,
还要驱赶受难的妇人!

二

你对人的亲吻,
会传到我的耳边,
因为深深的岩洞
为我传递你的语言。
路上的尘土
会保存你脚掌的气味,
我会像小鹿一样闻着
随你跑遍群山……

云彩会将你爱的人
画在我房子上面。
你像小偷一样去把她亲吻,

钻进她心里边。
当你捧起她的脸
会看到我珠泪串串。

### 三

如果你不和我一起行走,
上天会叫你失去阳光;
会叫你没有水饮,
如果水中不映着我的形象;
会叫你彻底不眠,
如果你不是枕在我的发辫上。

### 四

如果你离开,哪怕路上长满
青苔,也会震碎我的灵魂,
无论在山地还是平原
饥渴都会将你撕啃。
无论在哪个国家的黄昏
晚霞都是我创伤的血痕。
尽管你在招呼别的女人,
我仍在倾听你的声音。
我会像一股盐水,
渗入你的喉咙藏身。
无论你渴望、歌唱或仇恨,
都只能为我一个人!

### 五

如果你走了并死在远方,

你要在地下等我十年。
把手捧得像瓢儿一样
让我的泪水流在里边。
你会觉得那痛苦的肌体
在使你全身发颤,
直到我的尸骨化成粉末
撒在你的脸儿上面!

## 不　寐

昔日是乞丐,可如今成了女王,
怕你将我抛弃,终日胆战心慌,
面色苍白,我时时在问你:
"还和我在一起吗?别把我丢在一旁!"

确信你来到这里,
我本想微笑着继续,
但是在睡梦中依然心有余悸,
还在问:"你真的不再远去?"

## 羞　愧

假如你看着我,我会变得漂亮,
就像露水珠滴在小草上。
我神采奕奕,走到小河旁,
高高的芒苇将认不出我的模样。

我的口形丑陋,我的五音不全,

我的膝盖粗糙,我感到难堪。
如今你看上了我,来到我面前,
抚摸自己的裸体,感到自己可怜。

在黎明的路边,你已经发现
没有哪一块石子比她更黯淡,
只因听到了这女人的歌声,
你便向她抬起了自己的视线。

为了平原上的行人看不出我的心情,
我将保持沉默,一声不吭,
只让这幸福在我粗糙的前额上闪烁,
在我的手上颤动……

夜色茫茫,露珠儿落在草上,
你久久地注视着我,深情地倾诉
衷肠。等到明天,再到小河旁,
你吻过的人儿将变得漂亮!

## 歌　　谣

他和别的女人走了,
我看见了他的身影。
风依然柔和,
路依然平静。
可我这双可怜的眼睛啊
却看见了他们的身影!

他爱上了别的姑娘,
那里的土地洋溢着花香。
一首歌儿飘过;
只有刺儿开放。
他爱上了别的姑娘,
那里的土地洋溢着花香。

他吻了别的姑娘
在大海的岸旁;
枯黄的月亮
滑落在波涛上。
我不能将自己的血
涂在广阔的海洋!

他将和别的女人
一起,直到永远。
天空变得柔媚。
(上帝默默无言。)
可他将和别的女人
一起,直到永远!

## 苦　恼

此时此刻,像海水一样苦涩,
主啊,请你支撑住我。
我的道路充满黑暗,
喊声惊恐不安!
爱情曾像火花一样

在风中飞舞,在水中点燃。
它烤焦我的嘴唇,
折磨我的灵感,
挥发我的时间。

你见我睡在路边,
前额多坦然。
你也曾看见我平静的前额
如何失去夺目的容颜。
你知道,面对可怕的幻觉,
忧心忡忡的人不敢睁眼;
也知道那无法言传的奇迹
以多么美妙的方式出现!

现在我循着模糊的踪迹,
孤苦伶仃,来到你的领地,
请不要回避,不要熄灭灯盏,
不要关闭帐篷,不要默默无言!
疲惫在蔓延,
痛苦在增添;
正值隆冬,又逢大雪,
黑夜里到处是疯狂的鬼脸。

主啊!在青春的旅途中,
我见过多少睁大的眼睛,
可只有你注视着我。可是,
啊,它们多么纯洁晶莹!……

## 死的十四行诗

一

人们将你放在冰冷的壁龛里,
我将你挪回纯朴明亮的大地,
他们不知我也要在那里安息,
我们要共枕同眠,梦在一起。

我让你躺在阳光明媚的大地,
像母亲照料酣睡的婴儿那么甜蜜。
大地会变成柔软的摇篮,
将我痛苦的婴儿抱在怀里。

然后我将撒下泥土和玫瑰花瓣,
在月光朦胧蓝色的薄雾里,
把你无足轻重的遗体禁闭。

赞赏这奇妙的报复我扬长而去,
因为谁也不会下到这隐蔽的深穴
来和我争夺你的遗体!

二

有一天,这长年的苦闷会更加沉重,
那时候灵魂会告诉躯体,它不愿
再在玫瑰色的路上拖着负荷,
尽管那里的人们满怀生的乐趣……

你将觉得有人在身旁奋力挖掘,
另一个沉睡的女人来到你寂静的领地,
待到人们将我埋葬完毕,
我们便可以畅谈说不完的话语!

到那时你才会知道为什么
你的躯体未到成年又不疲倦,
却要在这深深的墓穴里长眠。

在死神的宫殿里也有光芒耀眼,
你将明白有星宿在洞察我们的姻缘,
背叛了婚约就该命丧黄泉……

### 三

自从那天邪恶的双手控制了你的生命,
按照星宿的示意,它离开了百合花丛。
当邪恶的双手不幸地将它掌控,
它在欢乐中正当开花的年龄……

我曾对上帝说:"有人把他引上死路。
他们不会指引那可爱的魂灵!
主啊,让他逃出那致命的魔掌,
或沉浸在你赐予人们漫长的梦中!

我不能向他呼喊,也不能随他前行!
倾覆他小船的是一阵黑色的暴风。
让他回到我的怀抱或让他英年丧生。"

他生命的玫瑰之舟停止了运行……
难道我不懂爱,难道我没有情?
将要审判我的主啊,你对此了解得最清!

## 徒劳的等待

我忘了
你轻快的脚步已化为灰烬,
又像在美好的时辰
到小路上将你找寻。

穿过山谷、河流和平原,
歌声变得凄凄惨惨。
黄昏倾泻了它的光线,
可你仍是动静杳然。

太阳火红,枯萎的罂粟花瓣
已经散落成碎片;
细雾蒙蒙使原野抖颤,
我孑然一身与谁为伴!

秋风瑟瑟,摇曳着
一棵树发白的手臂。
我感到恐惧,"亲爱的,
快来呀。"我呼喊着你!

"我有恐惧也有爱情,

亲爱的,加快你的行程!"
夜色越来越重,
我的痴情越来越浓。

我忘记了
你已听不到我的呼唤,
我忘记了你的沉默
和黑色的容颜;

忘记了你冰冷僵硬的手
已不会将我找寻;
忘了你的瞳孔已经扩散
由于上帝对你的审问!

夜色展开了黑色的幕帐,
报忧不报喜的猫头鹰
将可怕的、丝绸的翅膀
扑打在田间的小路上。

我不再将你呼叫,
你已不在那厢操劳;
我赤着脚继续前行
你的脚已静止不动。

沿着荒凉的小路
我徒劳地赴约寻找。
你的幽灵不要
进入我敞开的怀抱!

## 炽　爱

我口中的一切
都是泪水强烈的味道：
家常饭、抒情诗
甚至祈祷。

自从我默默地爱上你，
我的职业就是哭泣。
除此以外我无所适从，
你赋予我的职业多么艰巨。

紧闭的双眼
热泪滔滔！
痛苦、抽搐的双唇，
一切都变成了祷告！

这样胆怯的生活，
我感到羞耻！
为了忘怀，我不去找你，
但却无济于事！

你的双眼已看不见蓝天，
手抚着玫瑰，你的骨骼
是滋养她的源泉，内疚的血
流淌在我的心田！

多么可怜的肌体,
害羞的身躯,
疲惫地死去,
不能下到你的身旁安息,
瑟瑟战栗,紧握
"生命"不纯的花蒂!

## 永恒的蜡浆

啊!你的口永远也不会了解
吻的羞耻,淫欲流淌
宛似浓浓的岩浆!

我曾经想要的清白的双唇
又变成两个初绽的花瓣,
像新酿的蜜一样柔软。

啊!你的双臂永远也不会了解
那可怕的世界,在我的日子里
它曾设置黑色的恐惧:另一双拥抱的手臂!……

我的上帝啊!为了安静
已经使它们在地里
变得纯净、松弛、安定!

啊!你双目失明的虹膜
永远也不再有变了形的面孔,
它的玻璃体上泛着好色的猩红!

死亡神圣的蜡浆,
永恒又冰凉,
坚硬又顽强!

神圣睿智的打击,
将双眼合拢,将双臂固定,
将双唇紧封!

神圣坚硬的蜡浆啊,
淫荡亲吻的烈火已经不复存在,
再也不能将你们消耗、熔解、损坏!

## 陶　　杯

我梦见一个简朴的陶杯出现在眼前,
它将你的骨灰装殓;
杯子的壁就是我的面颊,
咱俩的灵魂和睦相处,亲密无间。

我不愿将你的骨灰撒在闪光的金杯里,
也不愿在精雕细刻的古代宝罐里安放。
只愿将你收殓在一个陶土的杯子里,
简单朴实就像我裙子上的皱褶一样。

这一天下午我到河边将陶土捞取。
心潮翻滚,制作那个陶杯。
扛着庄稼的农妇从那里走过,

她们哪知道我在捏丈夫的床帷。

我将那一杯陶土捧在手里,
它像一丝泪水从指缝里无声地流去。
我要用超人的亲吻给杯子打上印记,
我无限深情的目光是你唯一的寿衣。

## 祈 求

上帝啊,你知道我在怎样向你祈求,
为了陌生人,我的热情都像火一样,
可现在是为了心上人,
他是我清凉的酒杯,可口的香糖。

他是我骨骼中的钙质,工作中美好的目的,
衣裙上的丝带,耳旁的细语。
毫不相干的人我都关心,
如今为了他,你不要生气!

我告诉你,他很善良,
他的心像花儿一样美丽,
性情温柔,像阳光一样明朗,
又像春天一样充满奇迹。

你反驳我,声色俱厉,说他毫不足取,
他炽热的双唇从未说过祈祷的话语,
那天下午他未经你的允许
就将太阳穴打碎,像把杯子摔掷在地。

但是上帝啊,我要向你说明,
我要像抚摩你头上的玉簪花一样
抚摩他温柔、痛苦的心灵
——宛似新生的蚕茧抽出的丝绒!

他残酷?上帝啊,请忘记吧,我爱他,
他知道自己的心已经溃烂。
他使我心中的花朵不再发芽?
这些我全不管,你知道:我爱他!

你很清楚,爱是痛苦的磨炼;
爱是永远不会干涸的泪泉,
它用亲吻使苦行衣上的绳穗更加鲜艳,
绳穗的下面是被迷住的视线。

那钻孔的器具有迷人的清凉,
打开爱的肌体,像分开成熟的庄稼。
而十字架(犹太王啊,你会记得)
人们温情地扛着它,像一束玫瑰花。

上帝啊,我来了,脸儿贴在地上,
整整一个夜晚,我要对你细讲,
倘若你迟迟不说出我期待的话语。
我会在一生中所有的夜晚纠缠着你!

我会用祈求和哭泣使你的耳朵疲倦,
我会像猎犬一样舔你披风的边缘,

你可怜的双眼躲不开我的视线,
你的双脚也躲不开我的热泪如泉。

原谅他吧,你终究会将他原谅!
你的话语会在风中散发百合的芳香;
水面上将会闪烁绚丽的异彩;
荒漠开出鲜花,卵石放出光芒。

兽类也会眼泪汪汪,
连你用顽石造就的山冈
也会用白雪皑皑的眼睑哭泣:
整个大地都会知道你已经将他原谅!

## 儿子的诗

致阿尔韦西娜·斯托尔尼[①]

一

儿子,儿子,儿子!在痴情似火的日子里,
我想要一个儿子,是我的也是你的,
那时连我的骨头里都回荡着你的耳语,
我的前额一天比一天更神采奕奕。

我总说:要一个儿子!就像春情萌动的花木
将蓓蕾向蓝天延伸。
一个儿子,有着像耶稣一样大大的双眼,

---

① 阿尔韦西娜·斯托尔尼(1892—1938),阿根廷女诗人,患癌症后,在痛苦和煎熬中投海自杀。

动人的前额,充满渴望的双唇!

他的双臂像花环,盘在我的脖子上,
我肥美的生命之泉向他流淌,
我的心田开出了芬芳的花朵,
使所有的青山都飘溢着清香。

当我们满怀着爱穿过人群,
在那里碰到一位怀孕的母亲,
用颤抖的嘴唇和乞求的眼睛将她注视,
想要个目光温柔的儿子却使我们成了盲人!

幸福和憧憬使我夜不能眠,
情欲并未降临我的床边。
为了在歌声中诞生的儿子
我将胸怀敞开,将双臂舒展……

为了将他沐浴,我觉得阳光并不太强,
看看自己,我恨我的膝盖粗糙无光;
我神思恍惚,思绪茫茫,
自惭的泪水在我的面颊流淌!

我不曾怕主宰生离死别的污秽死神;
儿子的眼睛可以使你从虚无中解脱,
无论阳光灿烂的早晨还是月色朦胧的夜晚
我都愿从他的目光下走过……

## 二

如今三十岁,死神早熟的灰烬
已经爬上了我的双鬓,在岁月中,
我的痛苦像两极永恒的雨水
和缓慢、咸涩、冰冷的泪水一起滴落飘零。

松木的火苗燃烧,平静安稳,
看着腹部,我想着儿子是怎样的人,
那王子将有像我一样疲倦的口、
痛苦的心和战败者的声音。

然而他却有一颗像你一样中毒的心,
像你一样的忘恩负义的双唇。
他可能有四十个月不睡在我的怀里,
他抛弃我,只因为你是他的孽根。

春天,他在什么样的花园、什么样的水流旁边,
洗涤他的血液——我的心酸,
无论在乐土或荒原,我都很凄惨,
每个神秘的黄昏,都在你的血管里说个没完。

有一天,他那炽热、怨恨的口会说出可怕的语言,
就像我曾经对父亲所说的一般:
"你那可怜的肉体为什么那样充满活力?
母亲的乳房又为什么饱含着乳汁甘甜?"

你在地下的土床上安息,我感到

痛苦的快乐，我的手不会摆动
儿子的摇篮，只求既不操劳又无愧悔
和你一样在野草莓下长眠。

但是我不会闭上眼睛
而是在黄泉下面出神地倾听，
如果他走过，脸上带着我的热望，
我会瞠目结舌，用破碎的膝盖将自己支撑。

上帝的原谅未降临我的身旁：
恶人们会将我无辜的躯体损伤，
我的血管会永远压迫
儿子迷人的前额和目光。

我让自己的亲人沉浸在我幸福的胸膛！
却让自己的种族死在我的腹腔！
母亲的脸庞不会再现人世，
她诵读"悼亡诗篇"① 的声音也不会随风传扬！

森林变成灰烬，会百倍地生长，
一百次倒在斧下，仍会成熟、茁壮。
我将倒下，为了不在收获时节站起，
我的人们和我一起进入黑夜茫茫。

就像偿还对种族的欠账，
痛苦刺着我的胸部，使它像个蜂房。

---

① 《圣经·诗篇》第五十一篇。

在每一刻流逝的时光，
我痛苦的血液都像河流奔向海洋。

我可怜的先人们注视太阳和西方，
心急似火，因为在我身上已看不到希望。
热烈的祈祷已经使我的嘴唇厌倦
在变得沉默不语以前，我常将它们歌唱。

我不曾为自己的谷仓播种，
也不曾用爱培育日后的臂膀，
那时折断的脖颈将不能把我支撑
我的手也不能将薄薄的床单丈量。

我曾将别人的孩子抚养，
用神圣的小麦装满谷仓，
天上的主啊，我只希望你接受
我这乞丐的头颅，如果我今晚死亡！

# 大自然(选十二)

## 巴塔哥尼亚①风光(三首)

### 1. 荒凉

永恒的浓雾,使我忘却了是在什么地方
大海将我抛入它饱含盐分的波浪。
我到达的这片土地没有春天:
它的黑夜漫长,宛似母亲把我隐藏。

风在我房屋的周围哀号抽泣,
打破我的呐喊,如同打碎玻璃。
在白茫茫的原野,一望无际,
我望着无限的黄昏痛苦地逝去。

来到这里的人可以呼唤谁
既然更远的地方只有死亡?
人们只能看到沉寂、僵硬的海洋

---

① 巴塔哥尼亚是智利和阿根廷南部的广大地区,一直延伸到麦哲伦海峡。

在他们可爱的手臂间漫延滋长!

船只来自不属于我们的地方,
船帆在码头闪烁着银光;
船上人的眼睛明亮却不认识我的河流,
他们带来苍白的果实,没有我们果园的光芒。

望着他们走过,疑问涌上我的喉咙,
它使我失落,并被战胜:
他们讲的语言稀奇古怪,
远不如我老母亲在黄土地上唱得动听。

望着雪花宛如尘土洒落在墓地;
望着雾气在增长,宛如垂死的人一样,
为了不发疯,我不计算时辰,
因为漫长的黑夜才刚刚落下幕帐。

望着迷人的原野并收集了它的忧伤,
来这里就是为了观赏这死一样的风光。
白雪是它映入我窗口的脸色:
它的洁白永远是从天而降!

寂静的雪花总是像上帝伟大的目光
落在我身上;她的柠檬花掩盖了我的住房;
它永远像不偏不倚的命运,为了将我覆盖
而飘落,使我既恐惧却又心驰神往。

## 2. 死树
### 致阿尔贝托·纪廉

原野上,
一棵枯树在将它的诅咒宣扬;
一棵白色的树,已折断
并遍体鳞伤,
风在它的躯干上吼叫并掠过
背对我的绝望。

林中那棵燃烧过的树,只留下
嘲弄,它的幽灵。
一团火焰到达它的肋部
并舔了它,宛似爱情舔我的心灵。
紫红色苔藓宛似淌血的诗
从它的创伤里诞生!

九月,它所爱的东西,
跌落,在它周围
绕成一个花环。
受折磨的根在寻找它们,
怀着人类的苦恼
在草地上摸索试探……

平原上,一个个圆月
赋予枯树最致命的白银,

但因为它在将苦难衡量,
便撤离了孤寂的身影,去向远方。
而它将自己残忍的嘲弄赋予行人
还有它苦涩的幻象!

### 3. 三棵树

三棵树
倒在小路边。
伐木者已将它们遗忘,
它们像三个盲人,亲切交谈。

夕阳将殷红的血
涂在被劈开的木头上,
风儿吹散了
它们肋部伤口的芳香!

其中一棵,已经曲曲弯弯,
将巨大的臂膀和抖动的枝叶
伸向另一位伙伴,
两个伤口像一双眼睛,充满期盼。

伐木者将它们遗忘。夜黑
将至。我将和它们在一起。
将它们柔软的树脂储存在
我心里。它们对我犹如火焰。
白昼将发现我们沉默无语
沉浸在一堆痛苦里。

## 云之歌

缥缈的云啊,
轻柔的绢,
请把我的心
带上蔚蓝的天。

远离这个家
它在看我受熬煎
远离这围墙,
它们在看我赴黄泉。

飘荡的云啊,
请带我到大海上
让我倾听
涨潮的涛声
和浪花中的歌唱。

云儿、花儿、脸儿
为我勾画出
那被不忠的时间
渐渐抹去的容颜。
看不见他的面孔,
我的灵魂会腐烂。

飘过的云啊,
请让清新的情意

驻足我的胸膛。
我已张开双唇
它们充满渴望!

## 秋

我将自己的疲倦
带给凋零的白杨,
躺在白杨树下
不知过了多少时光,
它们迟到、神圣的金黄
慢慢覆盖了我的胸膛。

夕阳缓缓地
在白杨树的后面隐藏。
为了我乞求的心
它没有将鲜血流淌。
为了拯救自己的生命
我向爱人伸出了臂膀,
他正在我的心中死去
如同磨损的霞光。

那时我只带来
一束饱经风霜的温柔,
在我的肌体中
宛如一个婴儿在颤抖。
现在它正在消失
宛似杨树中的水滴;

但这是秋天,为了拯救它,
我不会挥舞自己的手臂。

在我的鬓角上
落叶散发着柔和的芳香。
死亡或许
只是吃惊地
离开迷人的公园
伴随着枯叶的声响。

尽管夜色即将来临,
我孑然一身,
霜花漂白了大地,
我没有起身回去,
也没用落叶做成床垫,
对于这无依无助,
脸上没有泪痕,甚至
没说一声"圣父啊,阿门"。

## 晚　山

我们点火在山上。
伐木者啊,夜幕在下降,
不会冲向天空和星星的发绺。
我们让三十堆火闪光。

傍晚将一个盛血的杯子
打破在黄昏,这是狡猾的迹象。

恐惧会在我们中产生
如果你们不围在篝火旁。

这瀑布似的巨响
像幼马不知疲倦地驰骋
在山冈上，另一声巨响
发自我们恐惧的胸膛。

据说松林将黑色的陶醉
留给夜晚，将隐蔽的标记
留给一个陌生的姑娘，
她的人群缓缓地
活动在山上。

白雪的珐琅在黑暗中
赢得了一个倾斜的阿拉伯图案：
在夜晚辽阔的墓地上，
将一个骨质的紫色刺绣伪装。

积雪无形的崩塌
向无法到达的不设防的山谷下降，
而吸血鬼布满皱褶的翅膀
正擦过梦中牧人的脸庞。

据说有野兽出没
在下一道山梁坚实的头盔上，
山谷不熟悉它们的身影，
山峰像脱发一样将它们释放。

附近山峰的寒冷
会渐渐征服我的心灵。
我想:"难道抛弃了醒醒
城市的死者们会选中

蓝色峡谷深深的怀抱,
不会沐浴任何一个黎明,
而随着夜色变得浓重,
松脂会像大海一样漫延在山峰。"

伐木者们,由于苦闷与寒冷,
请砍断火星四射的松枝和过江藤①,
砍断坚硬而又芳香的木柴
围绕篝火将圈子紧紧地收拢!

## 山　顶

黄昏的时光
将血泼在山峦上。

此时此刻,有人多悲伤;
一个女人,面对夕阳
痛苦地失去了
自己压抑的心房。

---

① 过江藤,其叶可做调料或助消化物。

那个傍晚,有一颗心脏
染红了那淌血的山冈。

山谷在阴影中
一片宁静。
但是从谷底
山峰燃烧得通红。

此时此刻,我总是歌唱
那痛苦不变的歌声。
难道是我用猩红
沐浴了那山峰?

我用手抚摩自己的心脏,
觉得肋部有鲜血流淌。

星星谣

"星啊星,我悲伤。
请你告诉我可有其他人
和我的心一样。"
"有人更悲伤。"

"星啊星,我孤单。
请你告诉我可有其他人
和我的心一般。"
"有人更孤单。"

"星啊星,请听我哭声。
请你告诉我
可有人泪纵横。"
"有人泪更浓。"

"谁悲伤,谁孤单,
如果你见过
请你告诉我。"

"我说的就是
我自己,就连我的光
都在泪水里。"

## 细　　雨

可怕而又忧伤的雨滴
宛似患病的婴儿,
在落地之前
已瘫痪。

树儿静,风儿停,
万籁悄无声,
而这痛苦的抽泣
从未停。

天穹犹如一颗痛苦的
敞开的无垠的心脏。
这不是雨,而是鲜血

在缓缓地流淌。

在家庭里，人们
感觉不到这份忧伤，
这痛苦的雨水
本是从天降。

被征服的雨水
疲惫而又漫长，
降在备受煎熬
仰卧的大地上。

降雨……像可悲的豺狼
夜晚窥视在山冈。
黑暗中会发生什么，
大地会怎么样？

当外面下着毫无生气
死一般的雨水，
死神的姐妹，你们可能
强忍着入睡？

## 松　　林

广阔、阴暗的松林
随风摇荡，
用摇篮曲
牵动着我的惆怅。

安详、凝重的青松
像是思绪万千，
让我的痛苦和记忆
一起安息入眠。

记忆是苍白的凶手
请让它进入梦乡，
思绪万千的青松啊
用人类的畅想。

风儿将松树
轻轻地摇荡。
记忆，入睡吧！
痛苦，入梦乡！

松林像衣裳
披在青山上，
就像深深的爱情
在生命里荡漾。

什么也没留下，
什么也没占去，
就像贪婪的爱情
侵入灵魂里！

青山
有着玫瑰色的土地；

松林
为它涂上悲剧的墨迹。

灵魂
就是那玫瑰色的小山；
爱情
给它披上了悲剧的锦缎。

风儿已经停息，
松林停止了歌吟，
就像人在沉默
窥视自己的灵魂。

在寂静中思忖，
浩大而又阴森，
就像一个人知道
世界的痛苦多深。

松林啊
我害怕和你一起思想，
怕的是能够想起
我还活在世上。

松林啊，你不要沉默，
请使我快入梦乡；
请你不要沉默
就像在冥思苦想。

## 伊斯塔西瓦特尔①

伊斯塔西瓦特尔流出我的晨曦；
在她的注视下，我的房屋耸立，
在她的脚下，命运使我有了依傍，
我痴迷地诉说，沐浴着她的光芒。

我将爱献给你，墨西哥的雪山；
你像纯洁的少女，多么娇艳，
清晨爬上你的身躯，变得幽雅，
像玫瑰花开，一瓣一瓣。

伊斯塔西瓦特尔用她那人体的曲线
使景色谐调，使天空变甜，
所有的甜蜜都从她的脊背渗出，
山谷在她身上变得平缓。

她在苍穹的醉态中伸展，
睡意蒙眬，轻松自然。
她那巍峨峥嵘的山顶
伸向自己的夫君，崇高的蓝天，

她的脊背腾起云雾
编织着美妙的梦幻：

---

① 伊斯塔西瓦特尔是墨西哥著名的火山，高五千三百八十六米，常年积雪。从墨西哥城望去，其轮廓像一个仰卧沉睡、洁白无瑕的女性。

既像少女又像白鸽
胸怀纯洁，充满眷念。

但是你啊，像可怕的朱迪斯①，
蓬乱昏暗的安第斯山，
你使我的灵魂像坚硬的爪，
在你的绷带中血迹斑斑。

我要像带你的婴儿一样带着你，
将你装在我破碎的心里，
因为我在你痛苦的胸怀里长大，
我已将生命注入你的躯体。

## 索尔维格②之歌

一

大地像人的嘴唇一样甜蜜，
就好似当初我和你在一起，
大地上的道路千头万绪……
永恒的爱情啊，我在等着你。

我看着年华不停地奔流，
我看着命运不停地逝去。
昔日的爱情啊，我还在等着你：

---

① 朱迪斯是犹太人的女英雄，为了解救伯图里亚城，曾砍下赫罗弗尼斯的头颅。
② 索尔维格是挪威剧作家易卜生的剧作《培尔·金特》中的女主人公，是一个对爱情忠贞不渝的女性形象。

大地上的道路千头万绪……

被你刺伤的心依然跳动不息:
它靠你活着,像靠醇酒的香气。
我目不转睛地注视着天际:
大地上的道路千头万绪……

如果我死去,曾看见快乐时光的上帝,
他曾看见我在你的怀里,
如果他问我你在何方,
可叫我怎样回答他的问题!

山谷深处响起了铁铲的声音
我在那里已力尽筋疲。
昔日的爱情啊,我还在等着你:
大地上的道路千头万绪……

二

松树啊,松树
为山坡遮阴;
我所爱慕的人
在谁的怀里栖身?

那些小小的羊羔
到潺潺的泉水之滨:
在我嘴上畅饮的人
去吻谁的双唇?

风儿使茂盛的枞树
结成连理婚姻：
可从我胸前吹过
哭得像婴儿伤心。

坐在大门口
我等了三十年。
多少次大雪
将小路遮盖严！

三

乌云遮盖着苍天，
人间的风使松林哀怨；
乌云遮盖了大地，
培尔·金特如何回还？

夜幕笼罩了平原，
啊，对游子一点也不可怜。
夜幕蒙住了我的双眼，
培尔·金特可怎么回还？

默默的雪像棉絮，
厚厚的雪像麻团：
牧民的篝火已熄灭，
培尔·金特可怎么回还！

柔情集

## 摇篮曲(选二十一)

### 摇啊摇

神圣的大海
摇着万顷波涛。
聆听可爱的涛声
摇着自己的宝宝。

风儿在夜间漫游
摇着麦浪滔滔。
聆听可爱的风声
摇着自己的宝宝。

摇着世间的万物
圣父不声不响。
感受他的臂膀
我将宝宝摇晃。

### 发 现

走在田野上
遇见小儿郎:

发现他睡了
在麦穗中央。

或许是那时
在葡萄园徜徉
寻找葡萄叶
却碰到他脸庞。

因此我有些怕
当自己入梦乡,
他会蒸发掉
像园内的冰霜。

## 露　　珠

这是一朵玫瑰
上面托着露珠:
这是我的胸脯
将我的孩子保护。

收拢小小的叶片
将露珠儿支撑
为了不将它吹落
又剪掉了风。

因为露珠儿
来自无垠的天际
而玫瑰花拥有

悬在空中的元气。

她多么幸运
幸运得沉默不语:
世上的玫瑰
谁有她美丽。

这是一朵玫瑰
上面托着露珠:
这是我的胸脯
将我的孩子保护。

## 小　　羊

我的小羔羊
温顺又安详,
你的安乐窝
就在娘胸膛。

长得白又胖,
脸蛋像月亮;
为你做摇篮,
万事都遗忘。

忘掉了世界,
忘掉了自己,
唯觉乳房在,
用它哺育你。

我心只知道
孩儿依靠娘。
我儿若高兴
比啥全都强。

## 迷　　人

小宝贝使人着迷
像风儿一样精细：
我全然没有感觉
他梦中把我吮吸。

他比小河调皮，
他比山坡柔软，
虽然活在世上，
却胜过整个人间。

小宝贝多么富有，
胜过大地天空：
我的胸是他的貂皮，
我的歌是他的鹅绒……

他身躯多么纤小，
如同麦粒一颗；
他比梦更轻盈，
使人全不觉得。

## 贴紧我

小宝贝儿,怕寒冷,
睡吧,紧贴娘的胸!
宝贝多可爱
怀里编织成。

石鸡儿睡在草丛
听他的心在跳动:
我的呼吸不会打扰,
睡吧,紧贴娘的胸!

小草儿在颤动,
对生活多么吃惊,
睡吧,紧紧贴着我,
不要离开娘的胸!

我已失去了一切
睡着会抖个不停:
别在我的手臂上滑动,
睡吧,紧贴娘的胸!

## 夜 晚

娘的宝贝要睡眠,
红日西斜已下山。
闪光只有露水珠,

发白只有娘的脸。

娘的宝贝要睡眠,
路上不闻人语喧:
只有小溪在幽怨,
只有娘在儿身边。

雾气茫茫罩平原,
夜色沉沉不见天。
寂静像只大手掌,
遮得世界严又严。

为娘开口把歌唱,
并非只摆儿摇篮:
来回牵动小绳索,
是为大地来催眠。

## 万事都如意

睡吧,小心肝,
笑得多香甜,
巡夜的星宿
为你摇摇篮。

你享受光明,
你真有福气,
只要有了我,
万事都如意。

睡吧，小心肝，
笑得多香甜，
可爱的大地
为你摇摇篮。

你看红玫瑰
像胭脂一样。
紧紧抱世界，
紧紧抱为娘。

睡吧，小心肝，
笑得多香甜，
上帝悄悄地
为你摇摇篮。

## 入　　睡

宝贝儿啊，
摇啊摇，
娘在将世界打磨
用娘跳动的脉搏。

世界啊，
我用手臂打磨你，
你为我变成了
洁白的哈气。

世界的躯体，
沿着房梁和玻璃，
进入我的房间
将我们母子遮蔽。

所有的河流，
所有的山包，
所有的出生，
所有的创造……

不停地摇啊，
却看到已经失去
上天赐予我的
充满知觉的身躯。

现在已然不见
儿子和摇篮，
世界对于我
如同烟消云散。

我向着赐予我儿子
和世界的人叫喊，
在自己的惊叫中
睁开了昏睡的双眼。

## 苦涩的歌

啊，儿子，我们做游戏

装王后与国王!

绿色的田野属于你。
除了你还能属于谁?
苜蓿的波浪
只为你摇荡。

谷地都属于你。
除了你还能属于谁?
让我们共同分享
果园酿出的蜜浆。

(啊!你的颤抖
与伯利恒①的婴儿不同
煎熬使娘的胸部
已经干瘪得不行!)

羊圈属于你。
除了你还能给谁?
羊羔儿正在剪毛
我要用它织毛衣。

圈栏里的牛奶
从乳房里流淌,
还有成捆的庄稼,
能不属于国王?

---

① 伯利恒是耶稣的诞生地。

(啊!你的颤抖
与伯利恒的婴儿不同
煎熬使娘的胸部
已经干瘪得不行!)

对!儿子,我们做游戏,
装王后与国王!

## 我不孤独

夜晚多冷清
山地到海洋。
可我摇着你
心中不凄凉!

天空多冷清
月亮落海上。
可我抱着你
心中不凄凉!

世界多冷清
肌体多悲伤。
可我贴紧你
心中不凄凉!

## 只要你睡觉

红色的月季

昨天刚采下；
要像红月桂
那是石竹花；

炉中的面包
茴香和蜜糖，
缸里的金鱼
闪闪放红光；

这都属于你，
娘的好儿郎，
只要你能够
好好入梦乡。

说的是石竹，
说的是月季；
说的是水果，
说的是蜂蜜；

说了多少遍
鱼儿多辉煌，
只要你一觉
睡到大天光！

## 小儿郎

致费尔南达·德·卡斯特罗

我的嘲弄者
夜晚的荒唐，

哪管是与否
小儿入梦乡。

听到见不到
呼气短或长
夜晚的蛤蜊
唤作小儿郎。

飞翔的翅膀,
口哨的声响,
明星的闪光
睡着的小儿郎。

孩子入梦境
越睡越轻盈。
我的小宝贝
刚刚过三更。

厚厚的石板,
重重的房梁,
粗布和村歌
落在儿身上。

昏庸的风,沸腾的星,
任性的河流,
固执的猫头鹰
都将儿遮笼。

那么长的黑夜,

那么小的儿郎,
那么少的见证,
那么少的迹象。

黑夜多耻辱,
河流多漫长,
"多么亲的娘",
睡吧,小儿郎……

大地在变小
道路多又长,
天空在变亮
抚摩小儿郎。

夜晚对于你
变得多神圣,
沉睡的小儿郎
娘入你的梦。

## 沉　睡
致阿黛拉·富莫索·德·奥伯雷贡

睡得香甜的娃娃,
不要将他唤起。
睡在我的心里,
带着多少倦意。

我将他叫醒,
他的梦多欢畅,

睁开眼又合上,
重新入梦乡。

前额多平静,
两鬓多安详,
小脚像两个蛤蜊,
两肋像鱼儿一样。

他梦见了晨露,
前额渗出了汗;
梦见了仙乐,
身体微微颤。

听他轻轻喘气,
宛似流水潺潺;
睫毛轻轻动弹
像藤萝的叶片。

请你们不要碰他,
他睡得多么香甜,
直到自己醒来,
让他随心如愿……

屋顶和房门
帮他睡梦深沉,
还有库柏勒①——
大地和母亲。

---

① 库柏勒是希腊神话中的众神之母。

我已将睡眠忘记,
能不能向你学习,
多少艰难的事情
都是睁着眼学成。

我们都入梦乡,
就像你一样,
在梦中畅游,
直到大天亮……

## 渔妇的歌

渔家小姑娘
不怕风和浪。
睡脸像贝壳,
渔网罩身上。

海滩上睡眠,
沙丘上成长。
海阿姨唱着歌,
绝妙地将你晃。

渔网缠住衣裙,
我无法向你靠近,
如果弄断了网结,
会打破你的好运。

睡得多香甜,

胜似在摇篮。
嘴里是盐味,
梦里是鱼鲜。

膝盖是两条鱼,
前额是一条鲢,
胸中跳呀跳,
鱼儿在撒欢……

## 死神的歌

"查户口"的老婆子,
狡诈的死神,
当她走在路上,
别看到我儿的脸庞。

那婆子嗅着新生儿
和乳汁的鲜味,
让她找到盐和面粉
别发现我的奶水。

世上谁"对抗母亲",
谁诱惑人们,
在海滩和大路上
碰不到无辜的人。

他洗礼的名字——
伴随他成长的花朵,
让记性好的女人忘记,

让死神将它失去。

让风、盐和沙子
使她又蠢又愚,
让她神智昏迷,
分不出南北东西。

让她混淆母亲和儿子
就像混淆一条条鱼,
让她在白天和每一个
时刻,都找不到你。

我的歌

我自己可爱的歌
没有手臂,却甘愿
整夜地将摇篮摇荡,
请为我歌唱!

从罗达诺或米尼奥①
下来,承载着
女人或孩子的梦乡,
请为我歌唱!

我曾为醒者
和睡者献歌,
如今他们却将我损伤,

---

① 罗达诺是法国与瑞士之间的河流,米尼奥是西班牙与葡萄牙之间的河流。

请为我歌唱!

我唱着的歌
像自由的泉水
无形地流淌,
请为我歌唱!

为了坚强的大天使
用手臂将我扶起
并让我凌驾于死亡,
请为我歌唱!

我重复的歌儿
战胜黑夜和死亡,
现在她将我解放
请为我歌唱!

## 墨西哥的孩子

置身于似有似无的地方,
阿纳瓦克①闪着银光,
我在给一个孩子梳头
沐浴着罕见的光芒。

他在我的双膝中间
像从弓上落下的箭一样,
我一边摇一边唱,

---

① 阿纳瓦克原指墨西哥谷地,后泛指墨西哥中部高原,即墨西哥的同义语。

宛似把箭磨亮。

光线那么老,又那么小,
我总觉得是个新的发现,
让他沉默,又让他翻转,
用我唱的格言。

他的眼睛又黑又蓝,
用永恒的生命将我观看。
我用双手为他梳头
按照人们永恒的习惯。

北美松树的胶油
从他的脖颈流到我的臂膀,
沉重而又轻盈
像没有弓的箭一样。

我用旋律将他培育,
他用慰藉将我滋养,
那本是玛雅人①的精华,
人们从我身上掠走了它。

我抚摸着他的头发,
一会儿打开,一会儿收拢,
我在他的头发中
收集玛雅人四散的行踪。

---

① 玛雅人是生活在墨西哥东南部、尤卡坦半岛以及中美洲的印第安民族,创造了光辉的玛雅文化。

离开我墨西哥的孩子
已有二十个春秋,
但无论是睡是醒,
我都在为他梳头……

这是母亲的本性,
我对此从不厌烦,
这是如痴的喜悦
能摆脱死神的纠缠!

## 小花蕾

有个小花蕾
紧贴我心房。
洁白而又小巧
像米粒儿一样。

在炎热时刻,
我为他遮阳。
有个小花蕾
紧贴我心房。

他一长再长,
比我的影子长。
像树一样高,
前额像太阳。

他不断地长高,

充满我的怀抱；
沿着道路而去
像潺潺的小溪……

失去他，为了抚平
创伤，我依然歌唱：
"有个小花蕾
紧贴我心房。"

摇　　篮

木匠啊，木匠，
为宝宝做个摇篮，
快快把树砍，
我等得不安。

木匠啊，木匠，
把松树滑下山坡，
再砍下枝条，
柔软似心窝。

黑黝黝的木匠，
你也有过童年。
带着母亲的记忆，
精心做摇篮。

木匠啊，木匠，
当我对宝宝耳语，

你儿子也正酣睡,
脸上笑眯眯……

## 小　　星

一颗小星星
落在我胸膛。
多么神奇啊,
和我却不像。

夜晚正酣睡,
醒来她落下,
在我发辫上
烁烁放光华。

召唤众姊妹
快快跑过来:
"没见床单上
闪闪放光彩?"

我将怀疑者
叫到庭院中:
"那不是女孩儿
而是一颗星!"

邻舍多匆忙,
挤满我厅堂。
有人摸身躯,

有人摸脸庞。

一天又一天,
喜庆没有完,
小星金光闪,
人围摇篮边。

在这一年里,
果园未下霜,
牲畜没冻死
葡萄满架香。

大家祝福我,
我用爱回报:
"让我的小星
静静地睡一觉。"

身体在闪亮,
眼睛在发光,
她只属于我,
望着泪盈眶。

## "龙达"① (选六)

### 雏　菊

流动的泉水多圣洁，
十二月的天空多湛蓝，
草儿颤抖着在呼唤
到山坡上围成圈。

母亲们从山谷观看
在高高的草地上面
看见一朵巨大的雏菊：
我们在山坡上围成的圈。

她们看见一朵疯狂的雏菊
有时弯腰有时直立，
有时解散有时聚集：
我们在山坡上做的游戏。

这一天有一朵玫瑰开放，

---

① "龙达"是孩子们的游戏，围成圆圈，载歌载舞。

石竹花也散发出芳香,
山谷里出生了一只小羊,
我们围圈跳舞在山坡上。

## 智利的土地

我们在智利的土地上舞蹈,
她比利亚和拉结①还漂亮。
这块土地上哺育的人
口内和心中都没有悲伤……

比果园更翠绿的土地,
比庄稼更金黄的土地,
比葡萄更火红的土地,
踩上去多么甜蜜!

她的灰尘装点了我们的面颊,
她的河流汇成了我们的欢笑,
她吻着孩子们的舞蹈
像母亲在轻轻地呼叫。

因为她美丽,
我们愿她的草地纯洁晶莹;
因为她自由,
我们愿她的脸上洋溢着歌声……

---

① 利亚和拉结都是《圣经》中的人物。二人先后是雅各的妻子。

明天我们将开发她的荒山,
把荒山变成果园:
明天我们将建起村落,
可今日只想狂欢!

## 一切都是"龙达"

星星是男孩子们的龙达,
他们在捉迷藏……
麦苗是女孩子们的身姿,
她们在玩"飘荡……飘荡"。

河流是男孩子们的龙达,
他们在玩"奔向海洋"……
波浪是女孩子们的龙达,
她们在玩"拥抱大地的胸膛"。

## 色彩的"龙达"

蓝色和绿色多疯狂
亚麻花开在枝头上。
美丽的浅蓝色在舞蹈
宛似在海上迷失了方向。

当蓝色的叶子脱落,
绿色的舞蹈跳个不停:
绿色的三叶草,绿橄榄
和绿色美丽的柠檬。

色彩啊色彩!
美哉啊美哉!

温顺和勇猛的红色
——含苞欲放的玫瑰和石竹。
当绿色已俯首称臣
它却跳出争当冠军。

一个接一个地表演舞蹈,
人们不知道哪个更好,
一个个红色跳了又跳
直到它们在火焰中燃烧。

色彩啊色彩!
美哉啊美哉!

黄的颜色来了
伟大而又充满激情,
大家都为它让路
宛似看到阿伽门农①。

神圣的闪光舞姿翩翩
无论在人或在神的面前:
金色的发缕飘着芳香

---

① 阿伽门农是希腊神话中的迈锡尼王,因其弟墨涅拉俄斯之妻海伦被特洛伊王子帕里斯劫走,便发动了特洛伊战争,并出任希腊联军统帅。

橘黄的色彩在空中飞扬。

色彩啊色彩!
美哉啊美哉!

最终它们都将跟在
太阳神的孔雀身旁,
它会将它们收集并带走
像一个强盗或父王。

它们和我们手挽着手
过去如此如今已不然:
世上的故事同样会死去
当讲故事的人一命归天!

## 和平的"龙达"

母亲们坐在门槛上,
讲述着一次次战役。
孩子们到田野上
将松塔儿采集。

他们开始做回声游戏
在自己德国的山坡下。
看不见法国孩子的脸庞
他们在海风中回答。

听不懂俏皮话和语言,

可后来他们见了面，
他们只好在心里猜测
当注视对方的双眼。

现在当世界上有人叹息
大家会听到呼吸
而随着每一句谚语
两个圈子在缩短距离。

母亲们，沿着气味的方向
上到松林的地方，
当她们乘着轮子到达时
被风儿吹着飞翔……

男人们出去寻找她们
看到大地在旋转
听到山在歌唱
他们围着世界转圈。

### 火花的"龙达"
#### 致加夫列尔·托米克

长着上百个叶片的永恒的花朵，
充满勇气的倒挂金钟，
在未播种的土地上开放，
我们以火花命名。

火红的花儿开放

在圣胡安①的晚上。

像小鹿一样奔跑,
吐着舌头,却不气喘,
突然开放的火花
与黑夜为伴。

火红的花儿开放
在圣胡安的晚上。

未播种的土地上的花朵,
没有枝干,不用浇灌,
你的爱在大地,
你的芽在蓝天。

火红的花儿开放
在圣胡安的晚上。

樵夫撒下的花朵,
驱散野兽和恐慌;
斩杀妖怪的花朵,
展开翅膀飞翔!

火红的花儿开放
在圣胡安的晚上。

---

① 圣胡安节是天主教的节日,在六月二十四日,这是一年中白昼最长的一天。晚上,人们点篝火、放烟花,以示庆贺。

我把你点燃,你将我陪伴;
我将你维护,将你看守。
火花啊,凋谢的花,
我们的情深意稠!

火红的花儿开放
在圣胡安的晚上。

# 梦呓（选三）

## 别长大

愿我的宝宝
总是这样小。
停吃娘乳汁，
不要再长高。
他不是橡树
也不是木棉。
白杨和牧草
随它去长高，
让我的宝宝
像灵芝一样小。

聪明和笑脸，
风度何翩翩。
倘若再要长，
画蛇把足添。

再长高，大家

见了指手画脚。
愚蠢的妇女
成群的青年,
都会到家里
使得他志得意满;
对这些外来妖魔
看都不要看!

他过了五个春秋,
就此且停留。
永远似这样,
跳舞又歌唱。
身高一瓦拉①
节日盛得下,
所有圣诞夜,
所有复活节。

疯狂的女人们,
请你们别叫嚷:
石头和太阳
只生并不长
永远存世上;
圈里的牛羊
只因为生长
命里已注定

---

① 一瓦拉等于零点八三五九米。

终究要死亡!

上帝啊,叫他停下来!
叫他别再长!
救救我的儿子:
别叫他死亡!

## 心　　事

我不愿自己的女儿
变得像燕子一样:
钻进天空飞翔,
不再落到我的席子上;
她不在屋檐下筑巢,
我不能为她梳妆。
我不愿自己的女儿
变得像燕子一样。

我不愿自己的女儿
变得像公主一样。
穿着黄金的小鞋,
怎能在草原上跳荡!
而且到了夜晚,
不睡在我身旁……
我不愿自己的女儿
变得像公主一样。

更不愿自己的女儿
有一天成了女王。
我到了金銮殿,
她坐在王位上。
到了夜幕降临,
我不能将她摇晃……
我不愿自己的女儿
变得像女王一样!

## 儿子回来了

沙丘的沙,
芦苇的花,
瀑布飞溅的水珠,
一齐落到
熟睡儿子的面颊。

落下的一切
都是梦,
落在他的背上,
落在他的口中,
偷走了他的身躯,
偷走了他的心灵。

它们多么狡猾,
渐渐将他遮笼,
夜间失去了儿子,

我这被偷窃的妈妈,
一下子失去了光明。
神圣的太阳
终于又将他照亮:
把儿子还给了我,
像新鲜的水果一样,
完好无损地
放在我的裙裾上!

# 花招(选一)

### 断指的小姑娘

我的手指捞到一颗蛤蜊,
蛤蜊掉进沙子里,
沙子被大海吞没,
捕鲸人将蛤蜊打捞起,
他来到直布罗陀海峡,
渔民们正在唱小曲:
"陆地上的稀罕物,
我们从大海里捞到,
一个小姑娘的指头,
谁丢了到这里来找!"

派条船去给我把它装,
派船就要派船长,
派船长就要拨钱饷,
要一座城市最相当:
要数马赛最理想,
但它还不算最漂亮,

只因有个小姑娘，
手指掉进了海洋，
捕鲸人高声把歌唱
等候在直布罗陀海峡上……

# 思考－世界（选四）

## 彩　虹

彩虹架起的桥梁，
直通天堂，向你张望，
七色的彩车
全都装载着灵魂
沿山巅而上……

彩虹在沉没，
又冒出来渡你回归，
像索桥一样
向你伸出手和脊背，
你挥舞双臂
活像欢跳的鱼……

啊，别看眼前的东西，
你会突然想起
并抓住那彩虹——
像折不断的柳枝

踏着鹅黄、姹紫、嫩绿
扬长而去……

玛利亚和夏娃的婴儿,
你吮吸我们的乳汁;
在我们的门前
玩着马齿苋;
你向别人讨面包
却用我的语言。

请你背过脸,
让彩虹自己消散。
你如果上去,我会疯癫,
一直随你到天边!

## 山

宝贝啊,将来你会把羊群
赶到山坡上。
可现在我却要把你
驮上脊梁。

只见黑暗、阴沉的山峰
像发怒的女人一样,
一向孤苦伶仃地生活,
对我们却关爱慈祥。
它在向我们招手,

叫我们登攀而上……

宝贝,咱们一起登攀,
橡树、榉树满山。
风吹草乱摆,
山岭舞翩跹,
妈妈挥动手臂,
荆棘分两边……

俯瞰平原,茫茫一片,
河流、房屋皆不见。
可妈妈会爬山,
迷失了大地,回来也平安。

云雾飘飘,像破碎的布片,
将世界涂抹得模糊不堪。
我们不停地登攀,直到你
心惊胆战,不愿再向前。
不过从高耸的公牛峰
谁也回不到平原!

太阳像山鸡,
一跳便跃过山,
转瞬间便让朦胧的大地
变得金光闪闪,
就像剥了皮的水果
露出圆圆的脸!

## 天　车

儿子，仰起脸，
看星星。
在看第一眼时，
她们会将你刺痛
并使你结冰，
然后天会摇晃
像摇篮的摆动，
你会像她们的物件
变得模糊不清……

上帝会来接我们
降临到他的尘世中；
像一道奔腾的瀑布
落在高高的星空。
下来，乘"天车"下来；
会到达却又总不能……

他一刻不停，
中途却止步不行，
出于爱和对爱的恐惧
怕伤害我们或使我们失明。
他到来时，我们高兴，
他离去，我们会泣不成声。

一天,天车不停地行驶,
越来越近,已经在下降,
你会觉得清新生动的车轮
碰到了你的胸膛。
于是你毫不畏惧
一下子跳到车轮上,
让他将你带走
高兴得又哭又唱!

## 家

孩子,餐桌已摆好,
像乳酪一样洁白,
四周蓝色的墙壁,
陶器放光彩。
这是油,那是盐,
几乎会说话的面包在中间。
面包的颜色
胜过水果和金雀花
麦穗和烤炉的芳香
让人总想要品尝。
孩子,让我们一起
将它分开,用坚硬的手指
和柔软的手掌,
你望着它,会感到惊讶:
黑土地竟开出了白色的花!

你将吃饭的手放下,
妈妈也放下。
宝宝啊,要知道:
麦粒是空气、阳光和耕耘
凝成的精华,
可是这"上帝的脸庞"
并不光临每一户人家;
如果别的孩子没有,
你也别动它,
手会感到耻辱,
最好别去拿。

孩子,生着鬼脸的"饥饿"
使禾堆旋转,
驼背的"饥饿"和面包
互相寻觅,却不能相见。
如果"饥饿"现在进来,
为了它能找到,
我们将面包留到明天;
点燃的火光是门的标志,
克丘亚人①从来不关,
让我们看着它吃掉面包,
睡得自在、香甜!

---

① 克丘亚人是秘鲁境内的印第安人。

# 学龄前（选十二）

## 小脚丫

致堂娜伊索拉·蒂纳托尔

孩子的小脚丫，
冻得直发青，
上帝啊，你们看见了
为何不将它们遮笼！

被所有的卵石
弄伤的小脚丫，
加上冰冷的雪，
还有烂泥巴！

那盲人不晓得
你们从哪里过，
就会在那里留下
鲜艳的花一朵；

你们在那个地方

将红色的花种上，
晚香玉会生长
越来越芬芳。

即使你们走掉了
沿着笔直的路径，
你们依然是
完美的英雄。

孩子的小脚丫，
受苦的小宝贝，
人们走过时
怎能不理会！

## 圈　栏

当午夜降临
圣婴一声哭啼，
牲畜们一齐醒来
圈栏充满生机。

它们纷纷靠近
向圣婴的身边延伸，
一百只渴望的脖子
宛似激荡的树林。

一头耕牛小心翼翼

下来向着那脸庞呼气,
它的眼睛温情脉脉
宛似充满露滴。

一只绵羊用柔软的绒毛
抚摩圣婴的躯体,
两只羊羔蹲在那里
舔着他的手臂……

圈栏的围墙
丝毫没有觉察
充满了山鸡、大雁,
还有鸡和乌鸦。

山鸡们下来
用五彩的长尾巴
将圣婴抚摩;
大雁用宽嘴巴
为他将干草梳理;
而成群的乌鸦
遮笼刚出生的婴儿
宛似颤动的细纱……

而圣母,在一只只角
和苍白的慌乱中间,
不知所措地踱来踱去
无法将圣婴抱在怀里。

何塞①笑嘻嘻地
来到这热闹的场面。
圈栏里的景象多么动人
宛似风儿吹拂的树林……

## 再相聚

难道再也见不到他,无论
繁星眨动的夜晚,还是
纯洁的黎明或化作祭品的黄昏?

也不能在任何苍白的小路旁,
它缠绕着田野,或任何颤抖的
泉水旁,它闪着银色的月光?

不能在错综复杂的林莽,
我呼唤他,直至黑夜垂下幕帐,
也不能在山洞,我的喊声在那里回响?

啊!不!再相聚,无论在什么地方,
无论是在沸腾的旋涡或平静的天上,
还是冒着紫色的恐怖还是沐浴柔和的月光?

所有的春天和冬天,都要和他

---

① 何塞即《圣经》中的圣约瑟。

在一起,在痛苦的情结上,
在他淌血的脖颈旁!

## 平　　静

当失去生命
像失去一个果园,
化作灰烬,却未冻僵,
人们给我这魔幻的山冈,
一条河流和一些像基督一样
悲惨的傍晚,好让鲜血流淌。

孩子们俯在我的膝盖上;
此时我不会哭泣
注视着他们的脸庞,
无疑……这是我最美的梦想
向一个漂亮的儿子
献上我的胸膛。

我这时似乎成了
所有土地、蜂蜜
和美梦的主人;
我都没有用
这双乞讨的手
将他友好的双鬓握紧!

日复一日我走在那些路上,

怀中散发着水果的芬芳
吃奶的婴儿令我舒畅:
我敞开的胸怀的香气
洋溢在岩洞、果园
和温柔的蜂房!

我是山坡和葡萄园
我是过江藤和"女儿水":
多么洁白,多么湛蓝!
因为我在上帝的草地将自己
放牧,上帝像保护开花的亚麻一般
保护着我,不受风的摧残。

有一天将会下雪;
我会投身于他寒冷的宝贝
(或许是另一件叛逆的事情)。
在至爱的沉寂中,
我抱紧他坚硬的冻块儿
心灵会化作真空。

## 播　　种

犁过的土地多么松软,
阳光下宛如热情的摇篮。
农夫啊,你的劳作上帝喜欢:
快快播种下田!

黑色的收割者啊,
饥饿永远进不了你的门槛。
为了面包和爱情,
快快播种下田!

顽强的播种者,你驾驭着生活。
哪里有希望在鼓舞,你就放声高歌;
被正午和阳光磨得金光闪闪,
快快播种下田!

太阳为你祝福,上帝和颜悦色,
微风中梳理着你的前额。
播种小麦的汉子啊:
让金色的种子有丰饶的收获!

## 白　　云

雪白、温顺、毛茸茸的羊群
从海面升起,
腾空之前,
使女人们脸上出现了疑虑。

听人说你们怀着天真的恐惧
向苍天和时间咨询,
要么是等待着前进的命令,
可有放牧你们的人?

——是的,我们有牧羊人:
他就是遨游的风,
有时向我们怒吼,
有时又脉脉温情。

他指挥我们向西向东,
他下命令,我们服从……
不过他善于引导,
在蓝色浩瀚的草原中。

——雪白的羊群啊,
你们可有主人?
倘若有一天他把畜群委托给我,
可愿意让我来放牧你们?

这美丽的羊群
当然有主人。
在天边最遥远的星星后面,
人说牧羊人在那里安身。

牧羊人亚伯①
停在牧场吧,不要因损失而逃遁,
牧羊人,疯狂的牧羊人,
羊都死了,你已经没有羊群!

---

① 亚伯是亚当和夏娃之次子。他牧羊,哥哥该隐种地,因耶和华只看中他及其供物,便引起哥哥的嫉妒并将他杀死。

## 对星星的承诺

星星睁眼睛,
夜幕像鹅绒;
你们在高空
看我可纯净?

星星眼睛像灯笼
闪烁在宁静夜空。
你们在天庭
看我可温情?

星星的眼睛
不停地眨动。
你们为什么
又蓝、又紫、又红?

星星的瞳孔
新奇又透明,
朝霞为什么能用玫瑰色
涂掉你们的身影?

是泪珠还是露珠,
弄湿星星的眼睛,
你们在天空抖动,
可是因为寒冷?

我盯着星星的眼睛，
向它们保证：
只要你们看我，
我会永远纯净。

爱　　抚

妈妈，妈妈，你吻我，
但我要更多地吻你，
我的吻多得像蜂群
让你看不见东西……

蜜蜂钻进百合里，
花儿不觉得它鼓动双翼。
当你把儿子隐藏起
同样也听不见他的呼吸……

我不停地注视着你，
一点也没有倦意，
你眼里出现一个小孩
他长得多么美丽……

你看到的一切
宛如一座池塘；
但只有你的儿子
映在秋波上。

你给我的眼睛，
我要尽情地使用，
永远注视你，无论在
山谷、海洋、天空……

## 甜　蜜

亲爱的妈妈，
温柔的妈妈，
让我对你说
最甜蜜的话。

身体属于你，
和你在一起：
将它包裹好，
放在怀抱里。

我像露水珠
你就像叶片：
狂喜的双臂
随我打秋千。

你是我的世界，
亲爱的妈妈，
让我对你说
最甜蜜的话。

## 小工人

母亲,当我长大成人,
啊,你将有个男子汉!
我会用双臂将你举起
像北风掠过草滩。

要么让你躺在谷垛,
要么将你扛到海岸,
要么帮你登上陡坡,
要么将你放在门槛。

你的孩子,你的巨人,
将给你盖舒适的住房,
它宽宽的屋檐
会给你可爱的阴凉。

为你浇灌一个果园
各种各样的水果
成千上万,将你的口袋
装得满而又满。

或许最好用香草
为你编织一些壁毯;
要么建一座磨坊
说着话为你磨面。

你数数房子的门窗
数数有多少扇；
有多少美好的事物
看你能不能数完……

## 春夫人

春夫人，
装束多么美妙：
柠檬花的锦衣，
柑橘花的外套。

她的凉鞋
是宽阔的树叶；
她的耳环
是鲜红的樱桃。

沿着道路条条
你们把她寻找；
她欣喜若狂
高唱优美的曲调！

春夫人
生机勃勃，
将世间烦恼
尽情地嘲笑……

对她谈庸俗人生,
她不相信,
在茉莉丛中
她如何能够碰到?

泉水似金色的明镜,
荡漾着热情的歌声;
在这样的环境
怎会有庸俗的事情?

贫瘠的土地上
布满褐色的裂缝;
她却使玫瑰花丛
燃起了温柔的嫣红。

在坟墓
凄凉的岩石上面,
她描绘翠绿
并给它镶上花边……

春夫人
她有光荣的双手,
用各种各样的玫瑰
把我们的生活点缀:

有的象征温柔,

有的象征欢畅,
有的象征狂喜,
有的象征原谅。

## 大树的赞歌
### 致堂何塞·巴斯孔塞罗斯①

大树啊,我的兄弟,
褐色的深根扎进地里,
昂起你那明亮的前额,
渴望能够直冲天际:

让我对焦土充满爱心,
靠它的养分我才能生存,
让我的心灵永远牢记
蓝色国土是我的母亲。

大树啊,你对路上的行人,
表现得多么和蔼可亲,
用你宽广、清凉的树荫
还有你那生命的光轮:

在生活的原野中,
请你揭示我的形象,
对人温柔而又热情,

---

① 堂何塞·巴斯孔塞罗斯曾是墨西哥的教育部长,他邀请诗人赴墨西哥协助进行教育改革。

像幸运的女孩一样。

大树产量十倍地增长：
鲜红果实，建筑栋梁，
树荫可以保护行人，
花儿四处散发芬芳；

树胶质地多么柔软，
汁液功能奇妙异常，
手臂参差婀娜多姿，
歌声悦耳韵律悠扬：

让我也能激情荡漾，
也能具有丰收产量，
让我的胸怀和思想
如同世界一样宽广！

无论任何活动
都不会使我疲倦：
精力洋洋洒洒
永远消耗不完！

大树啊，你的脉搏
多么平静安详，
可你看世界的狂热
正耗费我的力量：

让我像男子汉

一样平心静气,
他给希腊的石雕
添上了神的气息。

你的温柔慈祥
正是女性的心肠,
枝头轻轻摇晃
生命小小的巢房:

给世人广阔的阴凉
像他们需要的那样,
他们在人类浩瀚的林海
找不到枝头遮蔽风霜。

无论在什么地方
你总是热情激荡,
佑护者的精神
总是那么高涨:

让我也像你一样,无论
童年、老年、快乐、悲伤,
让坚贞普遍的爱
总在灵魂中闪光。

# 故事（选一）

## 小红帽[①]

小红帽姑娘，要把外婆看，
她住在邻村，染病受熬煎。
小红帽姑娘，金色的发辫，
心灵多美好，像蜜一样甜。

当她上路时，天刚蒙蒙亮，
穿过小树林，脚步多坚强。
碰上大灰狼，双眼放凶光：
"小红帽姑娘，你要去何方？"

纯真的小姑娘，洁白的百合花，
"外婆生了病，糕点送给她。
还有砂锅肉，汁液喷喷香，
可认识邻村？她住村口上。"

穿越小树林，心儿多欢畅，

---

① 这是根据法国作家佩罗（1628—1703）的同名童话改编的。

采着果儿红,掐着花儿香。
爱那蝴蝶儿,却忘了大灰狼……

白牙大恶狼,穿越小树林,
绕过了磨房,又过小山冈。
外婆门寂静,敲得梆梆响,
门儿开开了——它装成了小姑娘。

那个野畜生,三天没吃啥。
外婆身残废,有谁保护她!
它笑着全吃掉,不慌又不忙,
外婆的衣裙,它自己穿身上。

姑娘细嫩的手,来敲半掩的门。
凌乱的床铺上,狼问"什么人?"
声音很嘶哑,可外婆病在身——
姑娘天真地想——"娘叫我来看您。"

姑娘进来了,浑身野果香。
手中的花枝儿,来回摆得忙。
"把点心放一旁,先给我暖暖床。"
姑娘小红帽,相信了弥天的谎。

小小的帽檐下,大耳朵露一双,
姑娘天真地问:"为啥这样长?"
骗人的大恶狼,抱住小姑娘:
"耳朵这样长,听话多便当。"

柔软的小身体,馋得狼直瞪眼。
姑娘很害怕,狼也把心担。
"外婆你告诉我,为啥有那么大的眼?"
"为了把你看,我的小心肝……"

然后老狼笑,漆黑的嘴一张,
白色的大牙齿,闪着可怕的光。
"外婆告诉我,牙为啥这样长?"
"我的小心肝,吃你好吃得香……"

那野兽缩成团,在粗糙的毛下面,
小姑娘浑身抖,像羊毛一样软。
她的骨和肉,全被狼嚼烂,
心儿似樱桃,也被狼榨干……

塔拉集

## 母亲之死（选三）

### 神　游

母亲啊，在梦乡
我在紫色的风景中徜徉：
周围总是一座座
黑色的山梁；
你在下一座山中游荡，
但周围总有
另一座圆形的山，作为
对你我快乐攀登的报偿。

你不时在开拓游戏
和墓葬的道路。
我们两个相互感知
却又无缘相见，
宛似独处的欧律狄刻与俄耳甫斯①
无法交换语言，
我们只好用破损的双脚和乡音

---

① 俄耳甫斯是希腊神话中色雷斯的诗人和歌手，欧律狄刻是他的妻子。

履行磨难或誓言。

但有时你未到我身边:
我心中的你,同时
成为苦恼和爱的负担,
宛似可怜的儿子
给拉皮条的父亲拉皮条,
要反复穿越那一座座山,
痛苦的秘密无法明言:因为
我要偷偷地将你带给残酷的神仙
并一同去我们的上帝身边。

有时你不在山前,
不和我在一起也不在我心间:
你已溶解在山间的云雾里,
委身于紫色的景观。
你从三点,用讽喻的声音
向我呼喊,而我在痛苦中破碎,
因为我的身体是你给的,
而你是一百只眼睛的水面,
是一千只手臂的风景,
再也不是爱恋者的情感:
青铜的结在哭泣中软化,
激动的心在另一颗激动的心上边。

我们从未像常言
说的那样,荣耀的人们
在他们的上帝面前,

置身于两个沉重的勋章
或两个闪光的指环之间，
静卧在黄金的河床
或镶嵌在天堂的光线。

要么是我在找你，你却不知，
要么是你和我一起，我却不见；
或者由于可怕的协议，你在我心里；
你不用耳聋的身体回答我，
总是置身于群山之间，
它们收取鲜血为了奉献欢乐，
让每个人在周围翩翩起舞，
直至燃烧的太阳穴，
古老疯癫的响铃
和红色旋涡中陷阱的瞬间！

## 孝　　碑

俯身在坟墓干裂的地面上，
请让我对你讲：
"你用可爱的乳房将我抚养，
乳汁多清凉；
你的目光注视着我
视线缠绕在我的身上；
用宽阔的胸膛温暖着我
像永不冷却的炉膛；
用纤细的手抚摩着我
它的触动会融化我的心房：

复活啊,复活吧!
倘若存在这样的时刻,
倘若这日子是真的,
为了基督承认你们
把欢乐献给别的国度,
为了我的天使
将形体、血液和我的乳汁报偿,
为了你们终于重获
老母亲们——马卡贝娅、安娜、
伊莎贝尔、拉结、利亚①
辽阔而又神圣的交响!

## 老织工夜曲

面对着大海
神圣舞蹈的日子已结束,
风的午睡已过去
带着海盐和花粉的芳香,
还有的带着花脖鸽
留在巢中的卵,睡在麦苗上。

人们在松木餐桌上
享受精白面包的岁月
已如此遥远,

---

① 马卡贝娅是以色列古代一个爱国家族中的女性;安娜、伊莎贝尔既是普通女子的名字,又都是女王的名字;拉结是《圣经·旧约》中雅各的表妹和妻子,与雅各生约瑟和便雅悯;利亚是雅各舅父拉班的长女,雅各的第一个妻子,和雅各生流便、西缅、利未和犹大。

或许我们该否定它的真实,
认定我们过去
和现在的生活没什么改变,
我们出卖洁白的记忆
将它丢弃在门槛。

日子来临,宛似
亚述诸王将拳头握紧。
那么多营养的灰烬如同降雨
肌体就是它身披的粗呢。
一束束麻线已撤去
永远不会结束梳理,
由于是金属纤维
这细茎并非来自谷地……

不愿说出这劳作的名字
我们终日沉默不语,
像苍白的划桨手、
飓风和鳄鱼,
因为名字并不滋养命运,
而无名,又会毁掉自己。

但是当急促的考验
令人抬起前额,
注视我们时,眼睛使话语
化作忠诚的彩色,
我们又低下双眼
宛似陶罐落向坚实的井栏,

由于记住了那致命密码的名字
我们感到悲惨。

注定要下地狱的人们观看
使大丽花和吊金钟旋转的火焰；
被逼者宛若风筝
使"永不"上下往返。
为了游戏自己的视线，
我们只有双手
绘出的柔和的图案，
石灰墙上的燕子，
黑色的船桨，它永远喘气
并永远不会将大海划完。

神奇温柔的背膀
已将挺直遗忘，
他们顺从地将麻线
和要命的木柴扛在肩上，
因为他们永远不会知道
那些东西来自并去往何方。

从他们的父亲约瑟和以撒①那里
学会了一切的可怜的躯体！
美妙忠实的双手
织啊，织啊，不观察也不算计，

---

① 约瑟是玛利亚的丈夫、耶稣的养父；以撒是《圣经·旧约》中亚伯拉罕和妻子撒拉所生的儿子，是以扫和雅各的父亲。

不测量织好布料的尺寸,
不问是够了还是有余!

仰起白发苍苍的头颅,
或许我们试图询问:
用什么样沉默的冒犯
我们将本该安慰的创造者刺伤,
就像篝火干柴,仇恨燃烧
又不会熄灭自己的火光。

编织长袍的低声下气——
为了一个没有名字和面庞的身躯,
和在夜里倾听基督肌体
升天的悲痛,
请接受这化作永恒的"家"
和这化作岩石的织机。

# 幻觉（选八）

## 神圣的记忆

致埃尔莎·法诺

如果你们抛给我一颗星星，
她赤裸着在我的手上，
我不会为了保护
这新生的快乐而合上手掌。
"我来自一个
什么也不会丢失的地方"。

如果你们为我找到
神奇的洞穴，像水果一样
有着紫红和金黄的内脏，
使人们瞠目结舌，
无论对蛇还是对白昼的阳光，
我不会将洞门关上，
"因为我来自一个
什么也不会丢失的地方"。

如果你们把杯子递给我，

制造它们的是丹桂与檀香，
它们能使迷途的风停下，
能使大地的根变得芬芳，
我会把它们托付给任何一个海滩，
"因为我来自一个
什么也不会丢失的地方"。

我怀里曾有个生机勃勃的星星，
我曾完全燃烧，宛似扩展的夕阳，
我也曾有个洞穴，白昼不会完结，
太阳在那里闪光。可我不懂
握紧它们就是对它们的爱，
不知道怎样将它们珍藏。
只是毫无顾忌地在它们的甜蜜中畅饮，
一味地在它们的美丽中畅游梦乡。

我失去了它们，没有挣扎着叫嚷，
"因为我来自一个
永恒的灵魂不会失落的地方"。

## 财　富

我有两种幸福，
一个忠贞，一个渺茫，
一个像玫瑰花，
一个像玫瑰刺一样。
人们可以将我偷窃
却无法将它们掠抢。

我有两种幸福,
一个忠贞,一个渺茫。
我满腔碧血
又忧郁悲伤。
玫瑰花多么可爱,
玫瑰刺情深意长!
两个并蒂的果实
结在同一枝头上,
我有两种幸福,
一个忠贞,一个渺茫……

## 午　　夜

精细的午夜。
我听到玫瑰园里一个个花结:
精华涌向玫瑰的枝叶。

我听到
真老虎烧焦的线条:
使它无法睡着。

我听到
一个人的诗章,
在夜里
像沙丘一样生长。

我听到
沉睡的母亲

带着两种呼吸。
（已经有五年
我睡在她的怀里。）

我听到罗讷河①
宛似盲目浪花的盲目父亲
流过来并携带着我。

然后悄无声响，
只觉得我落在
阿尔勒②的墙壁上，
那里已充满阳光……

## 两个天使

我有两个天使
扇动着翅膀：
摇摆我像摇摆海洋
使它的两岸动荡，
一个使我兴奋，
一个使我绝望，
一个的翅膀静止，
一个的翅膀在飘扬。

我知道哪一个将我指引

---

① 罗讷河发源于瑞士，经法国，流入地中海的河流。
② 阿尔勒是法国的城市，位于罗讷河畔，那里保存着古罗马的剧场、竞技场、渡槽和教堂，阿尔勒的维纳斯就是在那里发现的。

当天色蒙蒙发亮,
使翅膀色如灰烬,
还是色如火光,
我委身于他们宛若水藻
顶着轻轻的波浪。

他们只有一次飞翔
用合拢在一起的翅膀:
那一天是主显节,
是爱的时光。

他们将对立的两翼
合而为一,
将生和死的结
紧紧地扭在一起!

## 天　　堂

在金黄的平面,
黄金铺开画板,
两个身躯宛似金橄榄;

一个光荣的躯体在听
另一个光荣的躯体在讲
在那不会说话的草地上;

一个奔向别人气息的气息
和一张由于他而颤抖的脸庞

在一个不会颤抖的草地上。

想起悲伤的年代
两个人有各自的"时间"
并由于它而苦不堪言,

在金钉的时刻
那"时间"留在了门槛
宛似游荡的犬……

## 马　　队

古老的马队
经过我们的大地,
将黑夜分开
似清澈的果浆,
使山头落入
黎明的胸膛。

有时它用
海燕的滑翔,
有时在寂静中
像火炬被窒息的光芒。
永恒的马队通过
像一柄银色的投枪……

它是唯一的军团,
通过专门折磨

不眠肌体的夜晚
带着白色的刀伤。
它总要通过，无论
人们是视而不见
还是在将它盼望。

人们阅读《埃涅阿斯纪》①，
人们讲述《罗摩衍那》②，
人们哭泣维拉科查③
人们又在颂扬"玛雅"④，
每当它的河水流过
生命就会开出成熟之花。

城市像兽皮
一样干燥，
树林像被抽打的燕麦
向我们弯腰，
古老的马队
是不是将自己的路忘掉……

有时从空中
或者广袤的平原，
有时从地下
谷神的精髓

---

① 《埃涅阿斯纪》是古罗马诗人维吉尔的史诗。
② 《罗摩衍那》是印度的两大史诗之一。
③ 维拉科查是印加帝国的国王。
④ 玛雅是居住在墨西哥的古印第安人。

有时只是
从灵魂的峰巅,
神圣的马队通过
带着哨音热烈的震颤……

硫黄的气眼在喷气,
像敞开的血管在流淌,
像水奔腾而下,
像烟冲天而上,
马队在通过,当黑夜
破裂成清澈的果浆。

听,听,听啊,
夜像裂开的果实,
带着兔子肋部的伸缩
或目光的冲撞,
颤抖却是忠实地
等候着天亮。

现在夜是多么精细,
严格而又瘦长。
锐利的天在刺入
如同匕首一样,
银河在催促人们
他们还在梦乡。

从黑夜传来
宛似咏叹的歌唱;

它们收拢起
用力扇动的翅膀。
海浪的高墙
撞击在我脸上,
我的心宛似婴儿
高兴地跳荡。

我是个老妇人;
热爱英雄
却从未见过他们的面庞;
由于渴望他们的肌体
以神话作食粮。

现在我唤醒一个婴儿
让他露出脸庞,
将他赤裸着抱出
置于黑夜薄薄的幕帐,
将他放在空中
当河水在身边流淌,
因为古老的马队
会将他带到远方……

## 晨　趣

致阿马多·阿隆索

美丽的鸟儿,
满身花斑,
五彩缤纷,

令人目眩,
驾着气流,
直升云天。

今日清晨,
黎明时间,
飞过河岸,
似箭离弦。
天气晴朗,
空气新鲜,
良辰美景,
微风翩翩。

谁未目睹,
自是枉然;
只为贪睡,
留恋苟安,
我起床时,
启明星闪,
半是黑夜,
半是白天。

微风飒飒,
晨曦蔓延,
那只彩鸟,
自在坦然,
擦过我脸,
滑过我肩。

她像百合,
或像箭鱼,
向着天空,
直冲上去,
辽阔苍天,
将它吞咽,
转瞬之间,
渺渺如斑。
我在山口,
不禁心寒。
彩鸟可爱,
踪迹杳然!

## 玫 瑰

玫瑰心中的宝藏
和你心中的一样。
像玫瑰花一样开放吧,
郁闷会使你无限忧伤。

让它化为一阵歌声
或者化为炽热的爱情。
不要将玫瑰花隐蔽,
它的火焰会烧坏你的心胸!

# 疯女人的故事（选二）

### 死神—女孩
致贡萨洛·萨尔冬比德

任何人也不会料到
她出生在那洞穴里，
像饲养的雏鸽一样
赤裸着小小的躯体。

像世界一样完整！
像正午一样刚强！
上帝肯定支持她
像菠萝全副武装！

我们中有人曾想
像乡巴佬一样；
大地曾经允许
那洞穴向她开放。

她突然从洞穴出来，
带着那挽歌的肌体；

跌跌撞撞地往出爬
人们几乎认不出她。

被一个拳头砸着，
被一块石头绊倒。
像灯心草一样摇，
风儿会使她跌跤……

我走到路上
向人们叫嚷：
"这是个两岁的死者，
还没有完全死亡！"

强烈的贪婪遇见了她，
剽悍的雌兽穿过大道；
宁录①和乌利西斯见了她
但是都莫名其妙……

上午变得卑鄙，
中午变得顽固；
每一天都感到了黄昏，
每条泉都在干枯。

草原感到了秋天，
白雪感到了虚假，
牲畜感到了劳累，

---

① 宁录是英雄的猎人，挪亚的曾孙。见《圣经·旧约》。

人体感到了挣扎。

我挨门挨户地进去,
逢人便对他讲:
"这是个七岁的死者,
还没有完全死亡!"

我停止了叫嚷
当人们要进入梦乡。
我不知他们有什么心事,
不知他们有什么惆怅……

我们开始成为
了解暮年的国王,
曾经是奴仆的动物
或婴儿,在将我们损伤。

此时在停止呼吸,
此刻在失去血浆,
清晨的歌失去声响
宛似牛角一样。

死神已有三十岁;
她再也不会死亡,
我们的第二个大地
在将她的显灵节开放。

我将此事告诉来访的各位,

他们像精神病患者笑个不停：
"我是那些舞者中间的一个，
我跳舞时死神还没有诞生……"

## 空中的花①

### 致贡苏埃罗·萨勒娃

我注定要和她相逢，
她站立在草原中，
经过、见到或和她说话
之人，对她都要称臣。

她对我说："请你上山，
我自己从不离开草原，
给我去剪白色的花朵，
洁白似雪、茁壮、新鲜。"

我登上峥嵘的山顶，
寻找白花的踪影，
它们在岩石中，
似睡非睡，似醒非醒。

我捧着花儿下山，
在草原上与她相见，
将大束大束的百合，
狂喜地献到她面前。

---

① 我曾想以《奇遇》命名此诗，指我与诗神的奇遇。——原注

她看也不看,
对我说:"请你上山,
这回只要红色的花朵,
我自己不能穿越草原。"

我和小鹿一起登攀,
去寻找那迷人的花瓣,
它闪烁着火红的神韵,
似乎是生命的源泉。

下山后将花儿奉献,
幸福得浑身抖颤;
她却像水一样平淡,任凭
受伤小鹿的鲜血流在里面。

然而她注视我,像梦游一般,
对我说:"去吧,请你上山,
去采摘黄色的花朵,
我永远不能离开草原。"

我一直爬上山峰,
去寻找茂密的花丛,
它们像金色的太阳,
刚刚出生却永不凋零。

我见到她,一如往常,
依然站立在草原中央,

我又在她身上撒满花朵，
使她变得像花坛一样。

见到黄花，她越发疯癫，
对我说："女奴，请再上山，
你去采摘无色的花朵，
藏红、橘黄都不喜欢。"

"出于对莱奥诺拉和利赫娅的怀念，
我对那样的花朵充满爱情，
那是睡神和梦的颜色。
我是草原上最崇高的女性。"

我又一次去征服高山，
现在它像美狄亚①一样黑暗，
如同一个若隐若现的山洞，
全然看不见一丝光线。

它们不开在花枝上，
也不开在岩石间，
我在柔和的空气中采摘，
用剪刀轻轻地将空气剪断。

我剪着空中的花朵，
简直像一个盲人，
到处剪着空气，

---

① 美狄亚是希腊神话中的人物，是科尔喀斯王埃厄忒斯的女儿，精通巫术。

在我的森林……

当我走下山冈,
来寻找我的女王,
她正在那里行走,
已经是不卑不亢。

梦游的人儿走着,
渐渐离开草原,
我紧紧跟在她后面,
在牧草和白杨中间……

用轻盈的脊背和手
带着那么多鲜花,
我永远不停地剪着,
空气就像是庄稼……

她在前面行走,
没回头也没留下足迹,
我依然追随着她,
在朦胧的雾里……

带着这无色的花朵,
不白也不黄,
献出我的一切,
直到生命消亡……

# 材料(选二)

## 面　包

人们将一片面包放在了餐桌上,
一半是白色,一半是焦黄,
在上面轻轻地捏了一下,
它便裂开成了洁白的面包渣。

我觉得新鲜或者好像没有看见,
它没有给我提供别的东西,
但当我梦游般将它的碎片翻过去,
它的触觉和味道已将我忘记。

它的味道像母亲的乳汁,
像我经过的三个山谷一样:
阿贡加瓜、皮兹瓜罗、艾尔基①,
像我心里的歌唱。

---

① 智利的三座山峰,其中的阿贡加瓜,主峰在阿根廷境内,是南美最高峰。

没有其他的味道洋溢在庄园，
因此它才这样地将我呼唤；
在家里也没有其他的人
只有盘中这面包的碎片，
它用自己的躯体认出了我的面孔，
我也用自己的躯体认出了它的容颜。

无论在什么样气候的地方，
众多的弟兄将同样的面包分享：
在贡肯波或瓦哈卡，
在圣地亚哥或圣安娜。

我在童年时代就已熟悉
它的形状宛似太阳、鱼儿或光环，
我的手熟悉它的碎片，
还有它毛茸茸雏鸽的温暖……

后来我将它忘记
直至这一天我们又相逢
我的身体已像老迈的撒拉①
它的身体却只有五岁的年龄

那些和我一起分享它的死去的朋友
闻到一种面包的气味在别的山谷扩散，
它在九月被磨成面粉，

---

① 撒拉是《圣经·旧约》中的人物，亚伯拉罕的妻子，但不能生育。

八月里还在卡斯蒂利亚收割的麦田。

这是我们吃的另一种面包,
它们在那里的土地上长眠。
我掰开面包,献上它的温暖,
再翻过来,献上它小小的光环。

我手上洋溢着它的芳香,
我的目光注视着自己的手掌;
我哭泣着表示自己的悔过
多少年来将它遗忘,
面庞已使我衰老,这次发现
或许会使我焕发新的容光。

让我们重新相聚,
在空空荡荡的家里,
在没有肉食和水果的餐桌上,
我们俩沐浴这人类的沉寂,
直至我们又合而为一
我们的日子才算过去……

## 水

有些国家我记得
就像我记得童年一样。
它们有河流或海洋,
有牧场、洼地或水乡。

我的村庄在罗讷河上，
屈服于河水与蝉的歌唱；
深绿色棕榈中的安的略斯①
在大洋中呼唤我；
菲诺港利古里亚的岩石②：
意大利的海洋，意大利的海洋！

人们将我带到了没有河流的土地，
要么无水，要么凝冻；
白色的撒拉与红色的撒拉，
其他种族在那里犯下罪行，
被切割下的漂白土
讲述悔过的红色罪行；
它们并非肥肥胖胖
像婴儿一样诞生，
当我通过它们，没有目光，
当我将它们聆听，没有响声。

我要回到纯真的土地；
请将我带到温柔的水乡。
让河流变成一个个的神话，
衰老在辽阔的牧场。
要有一眼我母亲的泉
午睡时去将她寻觅，

---

① 安的略斯是加勒比海中的岛屿。
② 菲诺港是意大利的港口。

叉着腰从岩石上下去
沐浴在柔和、犀利而又粗犷的水里。

让坚实冰冻的水
战胜我并使我屏住呼吸。
打破杯子,饮水时
使我的心重新变回少女!

# 美洲(选二)

## 热带的太阳

印加人的太阳,玛雅人①的太阳,
阿美利加成熟的太阳,
玛雅人和基切人②将你敬仰,
年迈的阿伊玛拉人③被你晒得像琥珀一样。
像一只红色山鸡——当你刚刚起床,
像一只白色山鸡——当你行到我们头上。
你善于绘画和文身,
为人和兽化妆。

山峰和峡谷的太阳,
深涧和平原的太阳,
引导我们的拉斐尔④,
像催促我们的金火一样。

---

① 印加人和玛雅人都是美洲的印第安民族。前者于公元十一世纪建立了印加帝国;他们崇拜太阳,自视为太阳神的儿女。后者是居住在中美洲和墨西哥东南各洲的印第安人,创造了光辉灿烂的玛雅文化。
② 基切人是玛雅人的一支,生活在危地马拉境内。
③ 阿伊玛拉人是南美的印第安人,主要生活在玻利维亚和秘鲁境内。
④ 拉斐尔是《圣经》中的大天使。

你是弟兄之间默契的暗语,
无论在陆地或海洋。
如果我们迷失了方向,
他们会在晒热的酸橙中间寻找,
那里有面包树在生长,
香胶树在苦度时光。

库斯科的太阳,高原上闪着白光,
墨西哥的太阳,金色的歌声嘹亮,
你是歌声,在玛雅人头上回荡,
你是未被食用的玉米,放着火红的光芒,
人们随着你的行程呻吟,
为了获得火红的玉米安抚饥肠;
你沿着蔚蓝的苍穹奔跑,
不管是什么人的地方,
像一只白色或红色的鹿,
从未被赶上,总是带着伤……

安第斯山的太阳,我们自己的太阳,
将美洲人注视凝望。
火红民族的火红的放牧者,
在充满奇迹的火红的土地上。
你不会熔化,也不会将我们熔化,
你不吞噬别人,也不被人吞下。
你哺育了奇异的人民,
你是白热的克查尔鸟①,

---

① 克查尔鸟是美洲的一种攀禽,生于热带,羽毛柔软,呈红绿色,有光泽。

你是在洁白道路上的惊愕的羊驼,
将其他迷途的羊驼引导……

你是天的根,
是为印第安人治愈箭伤的医生,
将他们救活,你是神圣的妙手,
使他们死去,你是神圣的爱情。
你是长着杏核眼的种族的祭祀之神——羽蛇①,
在湛湛青天上推磨,
缈缈白云间穿梭;
你使印第安人的织布机
像发狂的蜂鸟一样,
你给塔坎巴罗②的妇女
穿上五彩缤纷的盛装。
你是羽毛丰满的大鹏
孵化着两个无拘无束的东方!

你来了,心地善良,至高无上,
正如诸神没有到来一样。
洁白的斑鸠成群结伙,
"吗哪"③ 没使我们弯下脊梁。
不知因为什么缘故
我们的生活改变了模样。

---

① 羽蛇相传是万神之神的长子,托尔蒂克人奉为大神,阿兹特克人则称其为祭祀之神。
② 塔坎巴罗是墨西哥地名。
③ "吗哪"是上天赐给饥饿人类的食物,见《圣经·旧约》。

在我们对太阳的理解中,
征服者也供认了自己的信仰,
在阳光烤晒的圣礼中,
我们将他们的躯体安葬。

我将族人交给你的火焰,
他们像一堆火炭。
在充满蝾螈的晒场上,
他们的圣体在酣睡和梦想。
或者与晚霞相背而行。
像金雀花一样闪着红光。
西方被染成了橘色,
半是杂乱,半是金黄……

四十年里,
如果你没用同名的金字塔①,
没用仙影拳和芒果,
没用黎明时的火烈鸟
和鳞光闪闪的鳄鱼
为我穿衣,
现在请你观赏并辨认
我赤裸的身体。

像龙舌兰、丝兰,
像秘鲁的陶罐,

---

① 指墨西哥特奥迪瓦坎的金字塔。

像乌鲁阿班的瓷坛,
像秘鲁的千年古笛,
我回到并拜倒在你面前,
向你坦开胸怀,沐浴你的光线!
像照耀它们那样
将我的每个毛孔照遍!
让我惊喜地生活在它们中间,
陶醉在你的惊喜里面。

我曾在异国土地上跨涉,
品尝过它们充满香气的水果;
在坚硬的餐桌上和混浊的酒杯里
喝过味道淡薄的蜂蜜;
我做过微弱的祈祷,
唱过奇异的颂歌,
在巨龙身破、星象死亡的地方
我曾入梦乡。

先人给我的躯体,
我托付与你。
用红色将我浇灌,
让我像你的血液一样沸腾。
将我变白或变黑
随你侵蚀和洗净。

浇掉我顽固的恐惧,
驱除骗人的奸计,去掉我的污泥;

提炼我的言语,冶炼我的眼睛,
锻炼我的口、歌声和气息,
净化我的听觉,洗涤我的视力,
使我的手和知觉纯洁精细!

酿造我的乳汁、血液、
骨髓、眼泪。
擦干我的伤口、汗水,
无论在肋部或脊背。
让我再次加入为你伴舞的合唱:
在巴伦开和蒂纳瓦科①上起舞的
神奇的乐队。

我们克丘亚人和玛雅人
对你将一如既往,信守誓言。
跟随你度过岁月,
向你面前登攀;
从你那里下来,我们会变成金条,
变成剪下来的金羊毛,
按照印加巫师的预言,
我们会直接进入你的怀抱。

从你那里下来,
我们像葡萄回到场院,

---

① 巴伦开是玛雅文化在尤卡坦半岛的重要遗址;蒂纳瓦科是南美印第安人的文化遗址,盛行于印加帝国之前,主要在玻利维亚和秘鲁境内。

像金色的鱼群
浮上汹涌的海面，
像巨大的王蛇
奔向哨音的呼唤！

## 加勒比海

　　致 E. R. 利贝拉·切夫雷蒙特

波多黎各岛，
棕榈树岛，
几乎没有形体
宛似圣母，
几乎没有居所
浮在水面；
在上千的棕榈树中
它最突出，
在两千座山丘当中
它被召唤。

黎明中的岛
将我占据
没有忧伤的躯体，
灵魂的战栗；
天上的星座
将它哺育，
在火的午睡中被话语刺伤，
而在曙光中却变成了少女。

甘蔗和咖啡的岛
激情四溢；
甜蜜的话语
宛似童年；
幸福的歌唱
像"赞美上帝"！
在水面上
是没有歌声的美人鱼，
在波涛中
受着大海的殴打：
波浪的考狄利娅①，
痛苦的考狄利娅！

你会得救
像白色的狍子
和帕恰卡玛克②
新生的羊驼，
又像窝中的金蛋，
像伊菲革涅亚③
在火焰中生活。

我们种族的天使：

---

① 考狄利娅是莎士比亚剧作《李尔王》中的女主人公。
② 帕恰卡玛克是印加帝国克丘亚人的上帝。
③ 伊菲革涅亚是希腊神话中阿伽门农和克吕泰涅斯特拉的女儿，最后成为女神阿耳忒弥斯的祭司。

惩罚者米盖尔
行者拉斐尔
引导饱和时间的卡夫列尔
会救你脱险。
在行进与目光
在我身上结束之前；
在我的肌体变成童话之前
在我的膝盖阵阵飞翔之前……

      于菲律宾解放日

# 思乡(选五)

## 憧憬的国度

憧憬的国度
多么神奇,
比天使和信号
更加轻盈飘逸,
颜色似海藻枯藤,
颜色似游隼猎鹰,
虽无幸福的年龄,
但却是永恒。

没有石榴结子,
没有茉莉花香,
没有一重重的天空,
也没有蓝色的海洋。
它的名字,名字,
从无人讲,
而这个无名的国度
是我长眠的地方。

既没有桥也没有船
将我带到这里，
没有人告诉我
是岛屿还是陆地。
我不曾将它发现
也不曾将它寻觅。

好像是一个神话
我理解它的含意，
宛如梦境一样，
可经历也可抛弃。
它是我的故土
是我的生死之地。

除了国家
我还有别的东西；
一个个的故乡，
拥有而又失去；
眼见世上的万物
一个个销声匿迹；
属于我的东西
又与我分离。

失去了山峦，
我曾在那里休息；
失去了金色的果园，
生活得多么甜蜜；
失去了生产甘蔗

和蓝靛的岛屿，
眼见它们的影子
缠绕我的身躯，
它们共同缔造了
爱恋的土地。

雾的发绺
没有脖颈和背膀
我曾见昏睡的气息
持续在我身上，
在流浪的岁月里
它们化作故乡，
而这无名的国度
是我长眠的地方。

## 洋　女

致 F. 德·缪曼德雷

说话时带着她茫茫大海的乡音，
带着莫名其妙的沙砾和海藻；
向没有重量和形体的神祈祷，
衰老得犹如在死去。
将仙人掌和船锚似的野草
种植在神奇的果园里。
用白热的激情恋爱，
将沙漠的生命呼吸。
从不开口而一旦向我们讲述
就活像外星来的地图。

她将在此生活八十年,
却总像刚刚来到我们中间,
说话时像在呻吟和气喘
只有动物能听懂她的语言。
她即将在我们中间死去
在一个更遭罪的夜晚,
只有枕上的命运相伴
在死去的沉默洋女身边。

## 饮

致佩德罗·德·阿尔瓦博士

"我记得儿时的形象
就是给我水喝时的模样"。

在布兰科河的山谷,
阿贡加瓜①从那里发源。
我跳跃着去饮水
来到瀑布边。
它撒下结实的长发,
白色的水花惊恐飞溅。
我把嘴唇伸到沸腾的泉边,
被神圣的水烫烂。
饮了一口阿贡加瓜的水,
嘴里的血淌了三天。

---

① 阿贡加瓜是安第斯山脉的最高峰,也是智利河流的名字。

在米特拉①的田野,
蝉鸣、日晒、跋涉的一天,
我俯身探进水井,
一位印第安人扶我贴到水面,
我的头宛似苹果,
在他手心里边。
我尽情地畅饮,
他的脸紧贴着我的脸。
我突然闪电般发现,
米特拉人和我是同一血缘。

在波多黎各岛上
蔚蓝的午睡中间,
我的身体凝滞,
疯狂的浪花翻卷,
椰树像千百个母亲,
小姑娘风度翩翩,
将一个椰子打开
送到我的嘴边,
我吮吸椰子水
像婴儿吮吸
母亲的乳汁一般。
我的身体和心灵
从未饮过这样的甘甜。

母亲给我端水,

---

① 米特拉是墨西哥瓦哈卡州的地名。

在童年时的家园。
在一口一口地吮吸中
我见她浮现在罐里的水面。
头越抬越高,
罐越来越远。
布兰科河山谷,我的口渴
和她的眼神,依然在心间。
这将永不磨灭,
如今仍似当年。

"我记得儿时的形象
就是给我水喝时的模样"。

## 我们都该是女王

我们都该是女王,
四个国王在海上:
罗莎里娅和艾菲革涅亚
卢西拉与索莱达①。

在艾尔基山谷②,汇合
上百或者更多的山峰,
宛似祭品或者贡物
烧成了杏黄和桃红。

---

① 艾菲革涅亚即希腊神话中的伊菲革涅亚,诗人按当地人的习惯写成艾菲革涅亚;卢西拉是诗人自己的名字;索莱达的含义是孤独。
② 艾尔基山谷是诗人的家乡。

我们的确曾经拥有,
说起来令人神往,
我们都该是女王
而且直到大海上。

梳着七岁的发辫,
穿着洁白的衣裙,
在无花果的树荫下
将逃跑的椋鸟追寻。

我们说这四个王国
无疑像《可兰经》一样,
由于辽阔和完美,
一直延伸到海上。

到应该结婚的时候,
四个丈夫娶妻成双,
他们都是君主和歌手,
就像以色列的大卫王。

我们的王国辽阔宽广,
应有尽有,万千气象:
长满藻类蔚蓝的大海,
五彩缤纷美丽的凤凰①。

---

① 原文中的 Faisán 是山鸡,但山鸡在美洲的传说中是一种神圣的鸟,故在此转译为凤凰。

他们会有各种果实,
有的树结面包,有的树淌乳浆,
我们不会将愈疮木砍伐,
也不会将贵金属咬伤。

我们都该是女王,
实实在在地行使职权;
但谁也不会在阿劳乌哥,
也不会在科潘①……

罗莎里娅亲吻海员,
后者却与大海结缘,
在瓜伊特卡斯群岛②
风暴将他吞咽。

索莱达抚养了七个兄弟,
血液流进他们的面包,
由于连大海都没见过,
她的双眸始终是黑色。

在蒙特格兰德③的葡萄园里,
她用纯洁白皙的胸膛,
摇摆其他女王的孩子

---

① 阿劳乌哥是智利南方的印第安部族,曾不屈不挠地抵抗西班牙人的征服;科潘是玛雅人的古老帝国,在今天的危地马拉一带。
② 瓜伊特卡斯是智利的一个群岛。
③ 蒙特格兰德意为大山,诗人的朋友伊利巴伦的庄园就在那里,颇似一个植物园,并有许多珍奇动物,正是这美丽的地方激发了诗人创作这首诗的灵感。

对自己的却从不这样。

艾菲革涅亚出外远航,
有个人跟着她一声不响,
没有人知道他的姓名
因为他就像大海一样。

卢西拉面对山川和蔗田,
滔滔不绝,没结没完,
在疯狂的月亮上面
她真的戴上了王冠。

她在云中有十个儿子,
在盐碱地上发号施令,
看到丈夫们掉进河里,
自己的披巾在风暴中。

但是在艾尔基山谷,那里
汇集了上百或更多的山峰,
来过的其他女王都在歌唱,
正在来的也将唱个不停:

"我们在大地上将是女王,
而且会真正把权执掌,
因为我们的领地宽广,
我们都将到达海洋。"

## 咏　物

致马科斯·黛何欧

我爱的东西，有的
从来未有，有的已成过去：

我抚摸寂静的水面，
停在畏寒的牧草地，
微风没有吹拂
那属于我的果园。

像从前一样注视水面，
一个奇怪的念头涌上心间，
像和鱼儿或"神秘"嬉戏，
缓缓地玩弄那水滩。

怀念从前欢快的脚步，
将它们留在了门槛，
我看到一种创伤，
长满了青苔，默默无言。

寻觅一行丢失的诗句
七岁时人们告诉我的。
是一个做面包的女人，
我看见她神圣的双唇。

金合欢的芬芳阵阵飞扬，

嗅到它,我会欣喜异常,
这香味没有那么精细,
倒像是扁桃放出的馨香。

它使我的感官变得幼稚,
为它找个名字,却未找到,
闻着空气和那些地方,
寻觅未能遇见的扁桃。

有一条河总在身旁流淌,
四十年来一直听着它的声响。
那是我的血液在浅吟低唱,
或是人们赋予我的顿挫抑扬。

或者是童年的艾尔基河,
我在那里上溯、跋涉。
我和它胸膛贴着胸膛,
像两个拥抱的婴儿一样。

当我走在山间小道,
会梦见安第斯山峰,
听见它们呼啸的声音
像宣誓一样响个不停。

在太平洋的岸边,
我看到蓝色的群岛,
岛屿给我留下了酸味
它来自死去的翠鸟……

一个柔软、沉重的脊背,
打断了我的梦境。
原来是到达后休息,
我的行程已告终。

模糊、灰色的脊背,
死的躯干或我的父亲。
我没有询问也没打扰,
躺在旁边,睡意沉沉。

我爱身旁的岩石,
无论在瓦哈卡或危地马拉,
它的裂纹使人奋发,
红润坚实,如同我的面颊。

使我入睡时,它赤身裸体;
我不知为何将它翻来覆去。
或许我从未有过岩石,
看到的是我的墓地……

# 死浪（选三）

## 节　日

节日，我们相遇的日子，
叫"主显节"①。
多么强劲的日子，到来时
带着骨髓和火光的颜色，
没有如痴如狂
在混乱和挣扎的脉搏上，
多么平静安详，像牛奶一样
可奶牛戴着铃铛。

我们的节日，没有双脚的躯体，
会从什么样的道路来到这里，
我们没有察觉，没有守夜，
它什么事情也没说起，
我们没有向山丘发出哨音
它却来了，未留足迹。

---

① 主显节是"耶稣三次显示其神性"的日子。天主教中是第一次显示：耶稣降生时，明星引领东方三博士前来朝拜，显示出他是基督，教会规定每年一月六日为主显节。

所有的节日大同小异，
可有一个异军突起。
和别的节日没什么区别，
既像甘蔗又像橄榄，
如同约瑟，不像
任何一个兄弟。

我们在其他日子里向它微笑。
日子上都有它的形象，
宛似牧场上的牛
和拉着庄稼的车辆。

让所有的季节都祝愿它，
让北方和南方都将它祝愿，
而它的父亲，年份，将它挑选
并将它做成生命的桅杆。

不是河流，不是国度，
也不是金属：它叫作"节日"。
在吊车、渔具
和打谷机的日子中间，
在牵牛备马和劳作时
谁也不会叫它和将它观看。

为了它的缔造者的奖赏，
为了土地和空气的情意，
为了它流动的小溪，

让我们将它诉说并为它起舞,
在它像灰烬和人们磨碎的石灰
那样落在地面和它神奇的香料
撒向"永恒"之前。

让我们将它缝进自己的肌体,
缝进膝盖,缝进胸膛,
让我们的双手将它抚摩,
让我们的双眼将它识别,
它在黑夜将我们照亮,
它在白昼使我们激昂,
就像船帆上的绳索
与缝合伤口的针脚一样。

## 告 别

在遥远的海岸,
在帕西翁海面,
我们多少次告别
却没说"再见"。
因为那不是事实
是梦幻。
你也不曾相信,
我也不以为然,
就像歌中所说:
"真假难分辨"。

走向南方,

我会说：
"咱们走向大海，
它能吞下太阳。"

走向北方，
你会说：
"咱们一起去欣赏
太阳出生的地方。"

无论戏言还是夸张，
你都不要讲
大地、海洋，
会使我们天各一方：
海洋是幻觉，
大地是梦乡。

你不要想，
也别向店主要求
只能容一人
居住的客房。
你将有个影子，
你将一如往常
用两个人的脚步
踏上沙岗……

无论是谁，
无论是人还是上帝
都不能使你我

像日月那样分离；
无论飘荡的风
还是岩石，
也无论遮阴的树木
还是可停泊的河流，
都不许它们再说
一个和两个、
南方和北方，
让他们不要胡说，
让他们不要撒谎！

## 逃　　逸

我的躯体要一滴一滴地离开你。
我的脸庞要在沉闷的油彩中离去；
我的双手要化作零散的水银；
我的双脚要化作尘土的时辰。

一切都要离开你！一切都要离开我们！

我的声音离开，它曾将你变成
只对我们发出声音的钟。
我紧缩的表情离开，
像梭子一样，在你的眼下。
目光要离开你，当它注视你的脸庞，
将刺柏和榆树献上。

我要带着你的气息离开你：

宛似你身体挥发的湿气。
我要带着失眠和梦幻离开你，
消失在你最忠实的记忆。
在你的记忆中，我变得与那些人相同，
既没在平原也没在丛林诞生。

我愿化作血液，在你劳作的手掌
和果汁似的口中流动。
我愿变成你的内脏，并在
我从未听到的你的行进里燃烧，
沐浴着你回荡在黑夜的激情
它就像孤独的大海在发疯！

一切都要离开我们，都要离开我们！

# 生灵(选五)

## 死去姑娘们的歌
### 忆我的侄女格拉塞拉

那些在四月里
消失的可怜的姑娘,
冒出来又沉下去
像海豚在戏耍波浪:

去哪里又停在何处,
是笑得直不起身
还是躲在那里等候
意中人的声音?

是像上帝不愿重新
染色的图画那样失踪
还是像一座花园
渐渐淹没在泉水中?

有时她们愿去水里
勾勒自己的身影,

在风姿绰约的玫瑰上
几乎能露出笑容。

她们从容地在牧场
束紧自己的腰身
而且几乎让白云
将身躯借给她们；

她们几乎集中了所有的伪装；
几乎到达了幸福的太阳；
几乎拒绝了所走的道路
当记起自己出生在这个地方；

她们几乎摧毁自己的背叛
重新返回自己的围栏。
傍晚我们几乎看见
来了足足一百万！

## 哄　骗

有一种沙滩的聋哑
和一种水藻的忧伤，
一个水的伤口
带着草的沮丧。

我们所有的生灵
都笼罩在夜的幕帐：
墙壁，忠诚的白色；

松林洋溢着松香,
一条可怜而又无畏的泉水
和一道前额警惕着的门梁。

我们围成圆圈对视,
觉得像难为情——
对没有缺陷的双鬓,
对膝盖的完整。

一位母亲跌倒
肩部和臀部摔伤;
倒在破旧的麻布
和笨拙的发缕上。

听见母亲摔倒,儿子们
像沙丘倾倒沙砾一般;
一个个冲出门去
像千万条斜射的光线。

谁也不理睬这灾情,
我们的双手平静,
当着灾情的碎屑
撒落在一群蜜蜂。

无法控制的表情
被抛落下来,
她的手臂松弛,
肤色已被忘怀。

在此自欺的母亲
很快将名字失去,
形象、家族和土地
与她不再有关系!

仅仅是在昨天
她还在人们眼前,
说她是真正的母亲
名字真实可信。

像节拍和星星一样
世上彻底的唯一。
如今在两个线桄之间
已然被分离,
是米迦勒①和大地
做"讨价还价"的游戏。

她像醉鬼一样摇摆
在眼前的两岸之间,
然后呼吸新的空气
登上新的彼岸。

只听两岸的决斗
争夺我们的母亲:
一个将她夺到手里,

---

① 米迦勒是《圣经》中的大君,即天使。

另一个还在使她气喘吁吁。

她在村中的孩子们
有一个可悲的草棚,
到那里,内心的纠结
像河流在三角州奔腾!

## 招　　认

### 一

我看到你的招认
悬在双唇之间:
几乎落在我手上。

说吧,罪人,
你沉重的脚步,因犯罪而悲伤,
没有白杨的声音,远离亲人的地方,
因为你的过失无法抹去,
无法像擦净干果一样。

你的母亲,没有听你诉说的妇人
那么老,而你的孩子又是那么小
倘若你说出来会将他像蕨草一样烧掉。
作为一个妇人,我听你倾诉,
像四十年的苔藓一样深邃,
像岩石一样衰老,
多少年来心中充满怜悯,

不会惊慌失色、怒锁眉梢。

给我你想给的岁月,
但要低于我现有的年龄,
因为其他人同样是在这块沙地上
已向我讲述了并非听听而已的事情,
怜悯像哭泣一样使人衰老,
像风加粗沙丘一样加粗心灵。

说吧,为了我带着你的坦诚离去
并使你变得纯洁。
你将不会重见你现在注视的女人
也不会再听到她回答你的声音;
但是当你下坡或向山上攀登
你又会像从前一样轻盈,
你将又会毫无顾虑地亲吻
也会在黄金似的岩石上享受
与儿子玩耍的亲情。

二

如今你发出新芽并有了
新的生活,大海用碘帮助你。
你只唱会唱的歌曲
不欺骗自己熟悉的一切
包括村镇和谷地。
你又成了海豚和高贵的海燕
——大海的疯子,成了装饰着彩旗的船!
然而有一天你晒着太阳

坐在另一个沙丘上，像你遇到我时一样，
当你的儿子已有三十岁，
你要听到来的那个人倾诉，
海藻挂在他嘴角上。
你同样低着头问他，
然后便一声不响，
听他三天三夜不停地讲。
要接受他的罪过
如同在你的双膝上
接受充满汗水和耻辱的衣裳！

## 樵　　夫

疲惫的樵夫
躺在草地上，
睡梦里沐浴着
斧头砍下的松树的芳香。
双脚旁堆着
被践踏的野草。
双手使他入梦，
金色的脊背为他歌唱。
我看到他岩石的门槛、
旗子和田庄。
他所爱的事物
走在他的身旁；
其他不曾有的事物
使他更纯洁，
无名的困倦者

睡得像一棵树一样。

正午宛似标枪
将人刺伤。
我用一条嫩枝
轻拂他的脸庞。
他的日子
像一首歌
飘到我身上,
我的日子献给他
宛似被砍下的松树一样。
我夜晚归来,
穿过茫茫平原,
听到妇女们
呼喊迟迟不归的男子汉;
他的名字落在我的脊背
和我的四支投枪,
我曾用血和气息
将它珍藏。

## 诗　　人
### 致安东尼奥·阿伊塔

"在世界的光明中
我模糊不清。
那曾是幸运之鱼
纯洁的舞蹈,我曾和
所有活泼的水银玩耍。

当我丢下光明
留下紫色的鱼类
面对狂热的光明
我会发疯。"

"黑夜被称作网
我在这网中受伤,
在熊星座的结
和闪闪明星的中央。
我曾热爱长矛
和闪光的斗牛场,
甚至那张网
使我明了
它是为了深渊
将猎物捕捞。"

"在我自身的肌体
我也遭受煎熬。
在自己的胸膛里
我痛哭流涕。
我像劈开敌人一样
劈开我自己
只是为了收集
全部的叹息。"

"在一个个接触到的
边界上,我曾经负伤。
我把它们当作了

白色的海鸟。
四个基点
是癫狂的四方……
我没带来
捕获的硕大的翠鸟
收集到的只是
深紫色的迷惘。"

"我至今生活在
灵魂高高的锋刃上：
在那里，
她将刀与光
映照在痴迷的爱情
和野蛮的冲动，
映照在毁灭性的厌恶
和巨大的希望。
在灵魂的巅峰上
我曾经受伤。"

"而现在，耶稣基督的
身影和标志
从我忘却的海洋
来到身旁
最后一个到来
如同在神话中一样，
没有在麻绳
与索扣的网里
使我受伤。"

"我将自己
全部献给圣主
他携带着我
像一条河
或一阵风一样,
而且在征途中
紧紧地拥抱着我,
在征途中
我们相互只说:
'父亲!'和'儿郎!'。"

葡萄压榨机

# 疯狂的女人们（选三）

## 舞 女

舞女此时在跳
所有她失去的舞蹈。
让她有过的一切都落下，
父母、兄弟、果园和田野，
让河流的倾诉，道路，
家庭的故事，自己的面颊
和名字，童年的游戏，
宛似人们让曾经拥有的一切
都从脖颈、胸膛和灵魂落下。

在白昼的边缘和至点
她边笑边舞自己彻底的舍弃。
又爱又恨、又微笑又杀戮的世界，
采摘血的葡萄的大地，
困倦者无法入睡的夜晚
和疲惫者的牙疾，
这一切在使她挥舞手臂。

她没有名字、种族和信仰，
没有了一切，甚至没有了自己，
她飞舞双足的奉献，纯洁而又美丽。
她像树一样晃动而旋转的中心
化作她存在的证据。

她的舞蹈不是信天翁的飞翔
海盐和波浪溅湿了它们的翅膀，
也不是遭打击的芦苇
时而倒伏时而高涨。
不是吹动船帆的海风
也不是高高的草儿微笑的脸庞。
她的名字不是洗礼时所起。
她挣脱了家族和肌体的捆绑，
埋葬了热血的诗篇
和青春的歌唱。

我们无意地将自己的生命抛给她，
像一件有毒的红色的衣裳
而她便像被蛇咬了似的狂舞
那些蛇亢奋而又任性地激励她，
让她跌倒在被征服的战旗
或被粉碎的花环上。

她似梦游一般，只顾不停地舞蹈，
在仇恨的事物上游荡，
我们的呼吸变得急促
随着她的表情一弛一张，

她在切割并不使她凉爽的空气,
她是罕见的旋风,卑劣而又高尚。

我们是她气喘的胸腔,
是她失血的苍白,投向西方
和东方的疯狂的叫嚷,
她血管红色的热度,
她童年的上帝的遗忘。

## 松绑的女人

在梦中,我没有父亲和母亲,
没有快乐和痛苦,没有
整夜守护的宝贝,没有年龄
和姓名,也没有失败和成功。

我的敌人会将我辱骂或否定,
佩德罗,我的朋友,
由于去了太远的地方,
已超出了箭的射程:
对于入睡的女性,这个世界
和其他未出生的有何不同……

我所在的地方,没有任何痛苦:
无论创造、太阳、月亮,
还是时间青铜色的闪光;
高高的粮仓不会上涨,
饥饿也不会转动粮仓。

我像喝醉了一样,不停地说:
"我的故乡,故乡啊,故乡!"

但是我——可怜的女人——
口中叼着一条温和的线,
一根轻轻的冠羽
随一丝微风往返,
简直像细细的蛛丝
或砂粒在上旋。

我可以不回却回来了。
背后又有了靠山,
我必须聆听并回答
扯着嗓子吆喝,
又成了小贩。

我有自己的石桶
和少量工具。
重拾自己的意志
像丢弃的破旧衣衫,
彻底改变习惯
重新回到世间。

但是总有一天我会走
没有拥抱也没有哭泣,
像夜里离开的小船
后面没有跟随的伙伴,

红色的灯塔注视着它
悄无声息地离开海岸……

## 好心的女人

我要将绝壁登攀，
看望灯塔上的男子汉，
在他的口中尝尝波涛，
在他的眼里看看深渊。
只要他活着，我一定要赶到
这看管大海之人的身边。

人说他只注视东方，
生活在峭壁中间，
我要将他的波涛截断，
让他注视着我，而不看那深渊。

他对黑夜了如指掌，
现在黑夜是我的路和床：
他熟悉章鱼、海绵和翻卷的波浪，
他熟悉使人失去知觉的声响。

潮水将他诚实的胸膛冲刷，
使他经受苦难，
他像海鸥一样呼喊，
面色苍白，像个伤员，
但却纹丝不动，沉默不语，

好像已不复存在,甚至未生到人间!

我仍要爬上灯塔的顶端,
就是刀山,也要登攀,
为了那个人——他能告诉我一切:
关于天上、人间。
我要给他送去
奶罐和酒坛……

他依然在倾听大海,
大海只知将自己珍爱。
或许他什么也不倾听,
沉浸在盐水里,将一切忘怀。

# 自然界(选五)

## 干枯的木棉

木棉死了,
死在瓜亚多斯①平原。
她怎么会死呢,
死了,如何保持女王的尊严?

身死,她更加可贵,
凋零,她更加崇高,
真诚实在,依然如故,
将污秽全抛。

飘过的清风并不知晓,
注视她的大地并不明白,
她刚刚死去并不是为了
将身躯舒适地展开。

---

① 瓜亚多斯是厄瓜多尔的一个省。

小小的蛀虫姗姗来迟，
还没爬上她的身躯，
黄蚁和黑蚁在将她等候，
像两条涓涓小溪。

并没有雷击斧砍，
也不是严重干旱，
只因为与同伴的地界相扰，
她才凋零枯干。

平原和苍天不肯帮助我，
将她在纯洁的红土上安放，
让她的脊背沐浴着露水，
让星宿守护在她的长发上。

在斧头砍下之前，让她
紧挨着我神圣的母亲，
为她轻轻地颂一首圣诗，
然后才将她献给火神。

将她献给红色和蓝色的火，
献给叫作篝火的爱情，
爱情会让她升至圣父身旁，
将她安放在"第二故乡"。

## 乌拉圭麦穗

迎着一月的阳光,
麦穗在灌浆,
闭着的眼睛,合拢的手指,
雾气笼罩在睫毛上。

灌浆迅猛异常,
似乎能听到它的声响
我不禁向它伸出了手
要么就俯下自己的脸庞。

十个星期过后,
麦粒硬得像铜块一样,
阳光下虽看不见,
水分却在哈气中飘扬。

当麦粒迅猛地灌浆,
不必害怕,尽管是姑娘,
但是对麦穗爆裂的声响
我却感到恐慌。

死神能把它破坏
此刻,用干瘪的牙床
脱粒的麦穗已将死神
摆脱,自由地飞翔。

## 剪枝十四行

为玫瑰剪枝

宛似植物王国的赫罗弗尼①,
在玫瑰丛中,强大并已起程,
我这双被照亮的铁腕,
多少次用果断的夹击制造伤痛。

玫瑰的肢体躺在自己身旁
宛似浪潮中的海藻一样,
通过剪开的幸福的枝条
被惊扰的母体渗进了阳光。

我的玫瑰好像罗尔丹②,
风儿吹干了他的七十处创伤,
但我的双手却像
被凶狮的舌头舔过一样……

在圆满休息的美妙中
我的双手已经空闲、放松,
但一看到膝盖上那两条
淌血的蜍螈,我不禁大叫一声……

---

① 赫罗弗尼是亚述王尼布甲尼撒麾下的将军,他受命去攻打犹太城市伯图里亚。美丽的犹太寡妇朱迪斯冒充难民逃出,趁他酒后沉醉时割下他的头颅。
② 罗尔丹即法国中世纪英雄史诗《罗兰之歌》中的英雄罗兰。

## 为巴旦杏剪枝

我用纯洁无瑕的双手剪枝,
纤细的巴旦杏冲天向上,
宛似用自己可爱的面颊
去触摸渴望的崇高的脸庞。

又像在创作真正的诗行,
让自己的鲜血在上面流淌,
我敞开自己的心田
接受春天浩瀚的血浆。

我的心使巴旦杏的脉搏跳动,
它的树干在隐蔽的髓液里聆听
像凿子一样的我深深的心声。

一切爱我的人都离我而去;
我对世界唯一的奉献
就是在巴旦杏中支撑的心灵。

## 泉

从果园的深处
涌出一道活泼的清泉,
长长的头发使它看不清方向,
不吐泡沫,已经受伤,
不声不响,往低处流淌,
涓涓细流,从不增长。

它悄悄溜过,从我
像贝壳一样的手窝。
又从低处冒出来,
让人们跪下来喝,
我只给它带来
可怜的牲畜、
孩子们和我
最强烈的干渴。

白天看不见它,
夜晚听不见它,
但自从我们遇见了它,
梦里都听见它说话,
因为从它那里传来了
似乎神奇的隐痛,
又好像第二种血液——
胸膛感觉不到它的流动。

它弄湿了
牛犊的眼睛。
在薰衣草的花丛中
蜿蜒绕行,
说话和我一样
使牧草颤抖不停。

下山时
不像野兔那样跳动;

上坡时啃咬石棱,
将冰冷的石灰岩磨平。
古老孤独的大地为它的逃跑放行:
可是它到达归宿的旅途
超过了托比特①的路程……

(有一天夜里
橄榄园流出的小溪,
树木对它视而不见,
黑夜对它置之不理,
人们听不见它的血液
向低处流淌的声息。

然而这淡黄的水
我们能够看见,
它曾偷偷地将我们爱恋,
跋涉了两千天;
此时在漆黑的夜晚,
怎能将它丢在一边?
又怎能像没听见
它的声音一样入眠?)

---

① 托比特是《圣经》中的人物,他恪守律法,多行善事,后来成了盲人,在苦难中笃信上帝之心不减,上帝终于派遣天使救了他。

# 战争（选三）

## 欧洲的陷落
### 致罗格尔·凯约斯

来吧，兄弟，来吧，今晚
请和你的姐妹一起祈祷
她没有母亲和儿子，没有同族同宗。
祈祷是苦涩的，因为倾听着
徒劳的天空和墙壁的回声。
来吧，姐妹或弟兄，在愚蠢
而又盲目的白昼跌落之前
沿着玉米地的裂缝，全然不知
"古老的母亲"在燃烧，我们
曾在她的橄榄林和葡萄园的怀抱中，
她在忍受前所未有的痛苦，
被烧得千疮百孔，窒息在火光熊熊。

只有美洲的大地
夜晚洋溢着三叶草、百里香
和墨角兰的芬芳，聆听着

海狸和水貂的声息
和毛丝鼠蓝色的奔忙。
我对自己屈服的"鸟"感到羞耻
它几乎不再在我的肩上飞翔
或在海鸥的高度升降
当"母亲"在煎熬中盼望,
目不转睛地注视着乌黑的天
将希望化作碎片,对"古老夜晚"
发出"不是你"的呐喊。

我们是呼唤母亲的孩子们,
不知此刻她可还是同一个人
并用同样的名字回答我们,
或许西西里、佛兰德、诺曼底
和坎帕尼亚①的肢体
都被金属和烈火烧成了灰烬。

两把空气和野草
就足够怜悯和祈求。
直至欢欣和舞蹈的日子
直到疯狂的手臂摇动枝条
不会运来葡萄酒、水果和面包。
今晚,没有幸福的葡萄酒
和虞美人的餐桌;
没有哭声;也没有梦。

---

① 西西里、佛兰德、诺曼底和坎帕尼亚都是欧洲的地名。

## 医　　院

刷了白灰的墙
挡住了风
白色晃得我失明，
墙后我从未触摸过的高烧，
失掉的手臂纷纷落下，
海员们目不转睛，忧心忡忡。

人们在床铺上受着煎熬，
衬衣下有白色的弹片，
每个人在哭泣的剑鞘里，
说着和我相同的语言。

一个人带着自己的口信
像被剥光的水果一样死亡，
我的耳朵整夜在聆听
脸庞爱着脸庞。

朝着我无法入眠的玻璃，
降下我不了解的东西，
落下我难以支撑的脊背，
我收拾不了的初生婴儿，
还有被榨干的肌体，
不知来自什么样的榨机。

像甘蔗一样,我们在一起,
像杨树一样互相聆听,
比大地女神和天狼星还要遥远,
那红色山鸡似的海狸。
因为我有他们也有
能扭转躯干的冰冷的墙壁,
既不让手臂赶来
也不开向心中渴求的爱。

那"监护者"肋部呈白色
从没有树皮似的裂纹,
尽管像监护孩子一样监护我
却不许我走向其他的人:
使我的脊背保持平直
既不翻转也不缩短。

那"聋哑人"要让我们
都自知、迷失、聚集
并独处在寻觅中,
在圆形、洁白的迷宫中,
今日如同昨日,如同
在一个酒醉者的故事中,
即使他们从夜晚的另一首歌
上升,脖子充满焦虑,也会
用"胡说八道"、"指手画脚"
和"疯孩子"为我命名。

## 足　　迹

对那逃离的男人
我只有足迹，
他的体重
和将他吹走的风。
没有国度也没有村镇，
没有标记也没有姓名；
只有被他的足迹
弄湿的贝壳；
只有沙滩
收集的那个音节——
"维罗尼卡① - 大地"
对我的喃喃自语！

只有苦闷
在加快他的行程；
脉搏在将他摧毁，
微风在喘息，
汗珠在闪光，
牙龈在酸胀
干燥而又强劲的风
在击打他的脊梁！

---

① 指圣维罗尼卡，基督教传说中的犹太妇女。她见基督背负十字架走向刑场，深受感动，便把自己的手帕递给基督擦汗，当后者还给她时，发现上面印有基督的面容。

还有脊柱在跳荡,
海鸟在飞翔,
太阳向他倾诉,
沙丘向他伸出援手,
丛林将他隐藏,
另一个女人将他出卖,
松树使他躺下,
上帝使他坚强!

他的女儿,血液,
在身后叫嚷:
足迹,我的上帝,
彩色的足迹;
没有嘴巴的叫喊,
足迹,足迹!

神圣的沙滩
吞噬了他的标志。
雾霭的狗群
遮掩了他的足迹。
夜幕降临
一跃擒住
他男人的印记
温柔而又令人恐惧。

我看见,我数着

那两千个足迹。
我跑啊，跑啊，
沿着古老的大地，
用我的足迹
搅乱了他的足迹！
要么停下，让疯狂的辫子
将他的足迹抹去，
或者俯下身躯
舔他的足迹！

但洁白的大地
化作永恒；
像锁链一样
有始无终；
在神圣的上帝
不愿打破的轭中伸展
那足迹一直延续到天边！

# 悲痛（选三）

## 丧 服

只一个夜晚，那身穿丧服的树
已在我的胸膛萌芽、生长，
挤压我的骨骼，冲开我的肌体，
它的后脑已经长到我的头上。

将它的枝条和叶片
长在我的双肩和脊背上，
三日内我已被它覆盖
宛似血液在全身流淌。
如今，人们能在何处将我触摸？
我哪里还有不穿丧服的臂膀？

如同一缕缕浓烟，
我已不再是炭火更不是烈焰。
我已是这浓烟构成的蒲团、
这螺旋、这藤蔓。

来者依然能说出我的名字
依然能认出我的脸,
可窒息的我却只能看见自己
成了一棵被吞噬的树在冒着浓烟,
成了封闭的夜、燃尽的炭、
繁茂的刺柏、骗人的古柏,
从手中逃离,在眼里显现。

在一个纯净的夜晚
我的丧服变成了身体的迷宫,
这人称丧服的烟与夜的呼气
将我遮笼并使我失明。

我最后的树不长在地面,
不用播种,不用扦插,
不用移栽也没有风险。
我就是自己的柏树,
自己的荫翳,自己的蒲团,
自己不用缝制的裹尸衣,
自己会行走的梦幻,
烟雾的树和睁着的双眼。

只在一夜长的时间,
我的白昼已逝去,太阳已落山
我的肌体化作云烟
一个孩子用手将它砍断。

颜色已逃离我的衣裙,
白色、蓝色都已无影无踪
清晨时我已发现
自己变成了一棵松树,冒着火星。

这被钉在十字架上的骗人的黑色三角
已不再分泌汁液,不再生根、发芽,
在它的下面,只见一棵烟雾之松在行走,
人们在我的烟雾后面听我诉说,
他们将对爱我感到厌倦,
同样会厌倦饮食与生活。
因为不分季节,它只剩下
一种颜色,一种烟的轮廓,
永远不能再成为一束松果,
不能再用来造福、烧饭、引火。

## 圣胡安之夜

宛如圆柏树的果实
夜晚正在开放,
三十堆篝火在跳跃
恰似野兔和小山羊。

这里曾有过一间空房
将无用的干柴与平滑的麻布堆放,
一瓶无人饮用的葡萄酒
和一位没有归宿的姑娘。

可胡安远远地看见了我，
和你一起渡过了约旦河！

无人碰过的桌布和餐桌，
因无人碰过而变得神圣。
饭菜宛似水果，
葡萄酒多么纯净。
从未见过这样的食物，
没有食客却已被享用！

无人用过的寂静
使人能听见自己的心动，
孤儿似的空间
使我们透彻晶莹。
没有任何嘴巴的呼叫，
我们勇往直前并依然在憧憬。

我的愈疮木与山楂树之夜
从不曾变得温和，
如同我这样地看着你：
我自由，你也未被俘获。

我默不作声的白桦树，
不再对我窃窃私语，
我不说也不想，
只愿这样看着你。

亲爱的,就是如此,
当我们尚未诞生,
我们的天狼星
与仙后座之夜冒着火星。
记忆在火花中坠落;
神圣的未来已经起程。

## 一句话

我有一句话卡在喉咙
不能说又不能解脱,
尽管它血的冲动在挤压着我。
一旦说出来,会将绿草点燃,
使羔羊淌血,使鸟儿坠落。

我必须使它脱离我的舌头,
找一个河狸的洞穴
或用大量的石灰把它埋葬,
因为我不能将飞翔像灵魂一样收藏。

我不愿表明自己还活在世上
当它随我的血液来往
随我疯狂的呼吸升降。
尽管我父亲约伯[①]曾说出
我可怜的口却不愿再讲,

---

① 约伯是《圣经·旧约》中的人物,乌斯人,极为富有,并极具忍耐精神。

以免它燃烧着滚动,去河边的妇女
会发现它,它会缠绕在她们的发辫上
并将可怜的灌木丛扭曲并烧光。

我愿给它撒下狂暴的种子,
在一夜之间将它覆盖并使它窒息,
让它不留下丝毫语音痕迹。
要么就将它打烂,
如同用牙齿将毒蛇咬断。

然后回家,进门,睡觉,
已经和它决裂、两清,
两千天后醒来,
从梦幻和遗忘中获得新生。

只记得有一句话,
如碘、如明矾在我的唇中,
却不记得那一个夜晚
在异乡的一家客栈,
也不记得那间牢房和门外的光线,
它离开我的肉体,却仍与我的灵魂为伴!

# 夜曲(选二)

## 我的母亲

一

我的母亲很渺小
如同薄荷或野草;
几乎没将一丁点儿阴凉
投放到任何事物上,
可大地喜欢她
因为觉得她轻盈
因为她总是面带笑容
无论在幸福或痛苦中。

孩子们喜欢她,
还有老人们和草;
热爱优雅的光明,
将她寻找和奉承。

由于她,人们
不喜欢出人头地,

行走时听不到气息
说话时不发出声音:
正如粗壮的野草
和水的精神。

从国外的大地
我将她在对谁言讲?
我向清晨诉说,为了
使清晨像她一样:
我要在无休止的路途中
向大地讲述她的事情。

当一个在远方
歌唱的声音来到,
我痴迷地追随
却没有找着。

为何将她带到
无人能及的远处?
既然她总来助我
为何不下来并回复?

现在为了找她
谁带着她的形象?
她走了那么远,尖叫声
都未到我的身旁。
我加速自己的岁月
像听到了召唤一样。

今晚，充满着你，
只献给你，
"尽管没有时间，请接受"，
对她要感觉，聆听，占有。
这正在结束的日子
只剩下期盼与渴求。

二

有什么来自远方，
有什么赶来，有什么提前；
既无形又无声
但终于没有来成。
既然如此直接前来
为何上路却未成行？
上路之人是你，
谨慎而又轻便。
到来，到来，终于到来，
最忠实、最可爱。
你居住的地方缺少什么？
你的河流，你的山峰？
要么是我本人
迟迟不理解你的苦衷？

大地不能将我拦阻，像你
一样歌唱的大海也不能；
黎明不能将我管控
难以为继的晚霞同样不行。

我独自和"夜晚"相伴,
还有大熊星、天秤星,
因为相信你的话语
会在这样的和平中旅行
而我的呼吸会将它打破,
喊叫会吓得它无影无踪。

你来了,来了,来到了,
同样如此,不要召唤。
请接受重又看见
并聆听被遗忘的夜晚
我们此时成了孤儿
没有目光也没有方向。

请忍受零乱的泡沫,
碎石,冰霜。
为了对女儿的爱
聆听鸥鹩和巨浪,
但是如果不带着我
不要回你居住的地方。

三

你就这样来了,给我你的脸庞,
和一个喃喃的话语。
倘若你把我带走,就在
今晚滞留。不要离去,
尽管你不回答我

今晚整个都是话语:
脸庞,嘘声,寂静,
还有银河的沸腾。

母亲就这样……就这样……更甚。
延长,不要天亮。
同样不要封闭的夜晚。
而是消瘦时光
我们俩一模一样
重归平静
慢慢地返回"故乡"。

四

将是这样,母亲,我给过,
达到的永恒,
岁月会自行结束
百年是很小的事情,
在生与死之间
不必追求什么惊奇。
既然我们没有迟到
也无改变,还有什么期盼?

这如何去,又如何来,
如何持久又不成以往?
我对此不愿祈求;
我会用哭泣和结结巴巴
诚惶诚恐地理解,
你和人们赋予我的话语

在一个沸腾的词中凝结:
"谢谢,谢谢,谢谢!"

## 你爱的歌

我歌唱你爱过的一切,啊,我的生命,
或许你会过来并驻足聆听,
你会记起自己生活过的世界,
当日暮黄昏我歌唱时,啊,我的身影。

我不愿沉默不语,啊,我的生命。
你如何能找到我,倘若听不到我虔诚的呼声?
生命啊,什么记号,能把我标明?

我仍是你爱过的人,啊,我的生命。
不迟缓,不忘却,也不会失踪。
傍晚时来啊,我的生命!
来的时候要回忆那首歌,
只要你还能记得它,
只要你还记得我的姓名。

我会无限期地永远等着你。
别担心黑夜茫茫、雾漫漫、雨骤疯狂。
快来啊,不管有路无路。
灵魂啊,请呼唤我,在你置身的地方,
伴侣啊,不要迟疑,径直来到我的身旁。

# 职业（选三）

## 工　具
### 致西罗·阿莱格里亚①

在阿纳旺克和普罗旺斯②，
在我童年的谷地，
一件件工具注视着我
闪光柔和，表情坚毅
因为我理解它们做的鬼脸
并倾听它们的窃窃私语。

它们堆在一起，像蹲着
聊天的人们一样，像泥巴
一样沉默，像沙子吱吱作响，
昏昏欲睡却又清醒，
滑行、跌倒再挺直
一些盲目，另一些在观望。

---

① 西罗·阿莱格里亚（1909—1967），秘鲁土著主义小说家。
② 阿纳旺克在墨西哥中部，普罗旺斯在法国南部。

和农具混在一处,
和草的脚绊在一起,
散发着受伤橘树
或薄荷的气息。
像姑娘时满面红光
像死去的母亲时遍体鳞伤。

经过夜间的庄园
我碰到它们的谷堆
我的笑声使它们惊慌
像流水的回响。
它们趴在地上,
黑色的脊背在梦乡
要么就像女人们躺下
在满月下闪光。

树杈,抚摸着
我光滑的面颊,
一把草耙子咀嚼着
整个死去的草场
有一些跳着姑娘的舞蹈
另一些进入老妇的梦乡,
弯曲,直立,发光,
沉默了"工具"的合唱。

我随着流浪的脚步
用最纯洁的锄头
像它们一样繁忙,

让它们休息并安睡
我在胸前划着十字
这十字由心灵执掌。

活跃的锄头一遍又一遍
打量并巡视我整个身躯,
落下时,我告诉它,
给我最后的土地;
以姐妹的柔情
我放开它,它也放开我:
蓝色的苔布,充满睡意,
沉默不语的美丽:工具。

## 工人的手

粗硬的手啊,
长满了皱纹鳞片,
像粪土一样黝黑,
像烧焦了的蝾螈,
可它是多么美丽啊
举起时轻松
放下时疲倦。

将泥土揉碎,
将石翻转,
系好大麻的纤维,
理清紊乱的棉团。
世人对它看不上眼,

只有神奇的大地将它赞叹。

既像铁锤,又像钢锹,
它的灵魂却极不平凡;
有时在疯狂的轮子上面,
像蜥蜴被切成碎片,
然后,亚当之树,
枝条被砍断。

我听到它使织布机运转,
看到它在炉内经受煅炼,
铁砧使它半开,
麦浪使它握拳。

我看到它在矿井口外,
在蓝色的采石场边。
它为我划船荡桨
与恶浪周旋;
为我掘墓恰到好处,
尽管未量我的身长肩宽……

每年夏天,它织布纺线,
它织的亚麻布,清新似水面。
然后将棉花和羊毛
进行梳理、轧弹;
在儿童和英雄的服装上
显示自己的才干。

它们都安睡在
材料和标记堆旁边。
天神将它们抚摩,
星宿把它们照看。
它们怎能入睡!
继续将甘蔗粉碎或将土地深翻。
耶稣将它们捧在自己的手里
直到霞光满天!

## 织布机的主人

织布工人的老板,
圆形的织布机:
你来到了车间
像"发疯的上帝"。

你挥动手臂,
挺起身躯,
而织布工人
就别想休息!

踏板、梭子
贪婪地运转。
脉搏在燃烧
像炉中的陶罐。

棉絮和毛线
舔着你的脸,

绕线轮摧动着
线团儿飞转……

织布机的主人,
勤劳的手臂:
我们像车床的轮子
从不知疲倦、乏力;

直至最后一息,
我们奉陪到底!
直至脑门崩裂,
机器碎成铁皮!

# 游荡（选一）

## 门

在世界的表情里面
我曾接受门赠予的表情。
我在光明中看到
它们半开或留有痕迹
并转过脊背——
颜色宛似狐狸。
为什么我们造了它们
反倒囚禁了自己？

对家中丰硕的果实
它们是贪婪的果皮。
它们享受火的友谊
却不放它出去。
对我们在家中的歌唱
门框将它窒息。
不像裂开的石榴
共同将欢乐分享：
满身灰尘的女先知，

生下来就已白发苍苍!

宛似悲伤的软体动物
没有沙滩也没有海浪。
宛似阴沉的天空中
暴风雨的乌云一样。
它们像死神
垂直的衣裙
我像抖动的竹竿
捅开并越过它们。

它们对清晨说:"不!"
尽管温和的清晨将它们沐浴。
它们对海风说:"不!"
海风在它们的前额上鼓掌,
至于新生松树的芳香
来自那巍峨的"山冈"。
它们和卡珊德拉①一样
知道却不救人:
因为我严酷的命运
也跨进了门。

敲门时,它们令我迷惘
如同初次一样。
干燥的门楣闪烁着光辉

---

① 卡珊德拉是希腊神话中的特洛伊公主,由于得到阿波罗的帮助,她能预卜吉凶;但因拒绝阿波罗的求爱,受到他的诅咒,便再也无人相信她的预言。

宛似利剑的锋芒
门扇的动作多么活跃
如同两只逃跑的羚羊。
进门时
我用纱巾遮住面庞，
不知小得像巴旦杏的家
会献给我什么
寻思等候我的
究竟是福气还是祸殃。

我已想离去
丢下大地的外衣，
那像鹿一样
消失的忧伤的地平线
和人类宛似池塘
被划出痕迹的门廊。
为了不让宛如死鳗的钥匙
翻转在手掌
为了听不到它们在征途上
跟踪我的响尾蛇的鸣响。

我要最后一次
毫无哀婉地迈过它们
像获得自由的女奴一样
跟随指引我的
逝去的先人们活跃的群体
自豪地奔向远方。
他们在那里

将不再被一根根门柱划破
也不会受墙壁的折磨
宛似它们绷带中的创伤。

它们将毫不掩饰地来我身旁,
晒干它们的是永恒的光芒。
在天地的中间
我们放声歌唱。
我们用热情洋溢的歌声
摧垮一座座门廊
人们将从那里脱身
宛似醒来的孩子
因为听到了积雪融化
并跌碎在地上。

# 时间（四首）

## 黎　明

我敞开胸膛，让宇宙进来，
像炽热的瀑布一样。
新的一天降临，
我便消亡。
我像饱满的岩洞
将新的一天歌唱。

为了失而复得的乐趣，
我朴实无华，既不接受也不给予，
直到黑夜从戈尔戈纳①
战败、逃离、遁去。

## 清　晨

它是回归，回归。

---

① 戈尔戈纳是哥伦比亚在太平洋中的一个岛屿。西班牙征服者皮萨罗曾在这里被困七个月，等候援军。

清晨都是自身又是另外,
昨天的等候
总是在今日清晨到来。

两手空空的清晨,
曾许诺并令人伤心。
看另一个清晨展开
像东方之鹿一样跳跃
清醒,幸福,面目一新,
生动,灵敏而又有丰富的作品。

让兄弟昂起垂向
胸部的头并接受它。
让他无愧于跳跃的女性
像翠鸟一样冲向天空
金色的翠鸟在落下
唱着哈利路亚、哈利路亚!

## 傍　　晚

我感到自己的心
像蜡在甜蜜中融化;
我的血管是缓慢的油彩
而不是葡萄佳酿,
我感到自己的生命在逃跑
像沉默而又温柔的羚羊。

## 黑　夜

山峦在解体,
牲畜在迷失;
太阳返回自己的煅炉:
整个世界都已逃走。

果园变得朦胧,
农庄已不见踪影
我的山脉沉默了
生动的呐喊和巅峰。

生灵们向着遗忘
沿斜坡滑行,
孩子呀,咱们两个
同样向着黑夜滚动。

关于智利的诗

## 拉哈①的跳跃

拉哈的跳跃,古老的激情,
充满生机的双唇的坠落,
两岸的杵臼,
印第安人箭弩的沸腾。

你吐着玫瑰,敲碎
你的宝贝,你使自己爆炸,
无论是为了死还是为了活,
印第安人的水啊,你奔腾而下。

眼花缭乱的奇观,
永无休止的坠落:
大地古老的情怀,
阿劳乌哥惊人的气魄。

自杀的水啊,你将整个的身躯
和整个的灵魂作为赌注戏耍,
时间和你,
享乐和挣扎,
印第安人的女殉难者和我的生命,
都一同落下。

---

① 拉哈是必呦必呦河的支流。

你的泡沫淹没了野兽；
你的雾气迷住了野兔的眼睛，
而白色的烟火
给我的四肢增添了伤痛。

伐木者、面包师或者行人
都在倾听你滚动的声音，
无论他们活着还是死去，
无论是在挖矿还是奉献灵魂，
也许他们是在湖泊或者牧场
将河狸和毛丝鼠找寻。

广阔的被征服的爱情落下
半是痛苦半是销魂，
以母亲的无所畏惧的气势
她会找到自己的儿孙……

我理解又不理解你，
拉哈的跳跃，咆哮的声音，
囊鞘里古老的抽泣，
赞美诗永不消沉。

我沿着拉哈河走去
和疯狂的毒蛇同行，
我沿着智利的身躯走去，
献出我的意志和生命。
我赌上血液，赌上感情
我献出自己，只输不赢……

## 奥索尔诺火山[①]

致堂 R. L. 埃雷拉

奥索尔诺火山,
自释重负的大卫,
绿色平原上的牧工头,
你的群体中魁梧的牧工头。

跨出的跳跃
并被擒住;
使印第安人失明的火光,
智利雪白的麋鹿。

南方的火山,上天的赐予,
我不曾有你而你将属于我,
你不曾有我而我已属于你,
在我出生的山谷里。

如今你落入我的眼帘,
如今你沐浴我的情感,
年迈的企鹅,洁白的海豹,

---

[①] 奥索尔诺火山位于智利的南部,高两千六百六十一米,有城市与它同名。

我要将你变成歌谣……

你闪光的身躯
落入我们的双眼，
在央吉乌埃①的水中
你的子孙畅饮着接受圣餐。

火是好的，奥索尔诺，
我们要带着它就像你
把印第安人土地的火带走，
我们出生时，就已接受。

保护古老的地域，
拯救神圣的人群，
为航海的奇洛埃人导航，
为砍柴的印第安人照明。

奥索尔诺火山，年迈的牛犊，
用你的光辉为牧民指明路径，
使你的女人们昂首挺胸，
为人的孩子们赢得光荣！

洁白的牛鞍，洁白的牧牛人，
让大麦屈身，向小麦挑衅！
用呻吟将饥饿劈成两半，
让你的形象体现出丰润。

---

① 央吉乌埃是智利的湖泊，湖畔有同名城市。

化作肌体,化作生命,
将顽强的意志抛撒,
将我们的失败焚烧
加快那未曾到来者的步伐!

奥索尔诺火山,岩石的颂歌,
我们闻所未闻的礼赞,
将古老的不幸焚烧,
像基督那样将死神杀掉!

# 乌埃木尔①的四时

## 一

安第斯山的鹿，
空气娇惯的风，
你在何处用温柔的嘴唇
遮盖草的面容？

在纳塔尔②地区，
分开扬花的燕麦和苜蓿，
角上挂着光斑，
臀上浸着露滴。

午睡时，甘杜尔人③
不喜欢你睡觉的模样，
耳朵在山杨叶儿上，
眼睑相互碰撞。

---

① 乌埃木尔是智利的一种鹿。
② 纳塔尔是智利帕塔戈尼亚的一个地区。
③ 甘杜尔人是南美土著居民。

狡猾者，堕落者
以及猎奇的交易
使风、喊叫和火光
在你身后嗡嗡作响。

轻风像你的孩子
呵气在你面前飞奔，
膝盖后面扬起烟尘
像逃跑的印第安人……

驯养者情愿
去赶成队的骡帮
和无数的绵羊，也不愿
日夜守候在你的身旁……

二

你从平地滑向
陡峭的山谷，
逃离后又回来
宛似耶稣基督。

有时是在穿越
模糊不清的界线，
池塘和幸福的松林
一齐呻吟、埋怨；

在你回到人所共知

昼夜相等的日期之前
一直在吞食孤独
和安第斯山的荒原。

空气询问空气，
荒凉的原野询问巨大的石头，
成群的野兔
向三面狡黠的风请求……

在我们的光线里，
脖颈和嘴唇已经不见，
而潘帕草原①在畅饮
你有节奏的格言。

## 三

母鹿和幼崽的视线
在哪里的烟云中试探？
我们为何不身贴身地
蹚过一道道河川？

不再有淤泥和野兽，
也没有恐惧的心灵，
在碧绿的暮春
对孕育你的雌性发情。

---

① 潘帕草原是阿根廷、乌拉圭境内的大草原，其西部边际达到智利境内。

知道获得了自由
你高兴得左摇右晃
在悬崖的腭骨之间
在灰雀的光泽上。

当时辰来到,你冲下
蓝宝石的安第斯山,
宛似绷断了的线
沿着熔化的冰山。

四蹄和双角在飞舞,
咯咯不停地作响;
然后便无声无息
在燕麦和苇草上。

那时大草原打开
自己震颤的肢体,
添上一双瞪大的眼睛,
发出一声低沉的哭泣。

## 四

当我全面恢复
并陷入魔幻之中
依然能见到你,
有时出现有时失踪。

我怀着夜色离去,

渡海到达麦田，
麦苗在颓唐与创伤中
向我诉说你的抖颤。

我从远处看见，看见
你到达的潘帕草原，
比理解更辽阔，
比十面金牌更威严。

我追寻你胸脯的跳动，
在白色的芦苇丛，
嗅着花穗的粉尘，
只追随你的血性。

我在荆棘中寻觅，
躲避涨水的小河，
在倒伏的青冈柳林
用手轻轻地触摸。

尽管你知道并来临，
作为回答的喊声，你用
长满茸毛和颤抖的前肢
向我表达感情……

在两个发白的时刻
你喷吐惊恐的呼吸。
我用你的蹄子作耍
将你的脖子和耳朵刺激……

在你带着你的梦
和我的梦入睡之前,
为了熔解你的忘记
我将祖国和名字还给你。

潘帕会张开昏暗
和惊慌的嘴唇,
爱恋使她夜不能寐,
痛苦和咆哮是她说话的声音。

她像神一样仰卧,
将不同的胎儿抱在怀中,
午夜时让自己的感情
变得强烈而坚硬。

她将躯体沉重地
抖动并深深地呼吸。
女人和动物啊,我们忧伤地
吮吸她呼出的气息……

## 必呦—必呦①

——快停下,别再走。
你看!"必呦—必呦"!

——啊,疯妈妈,快停下,
我从来没有见过它。
它要去哪里?
低声细语,从不停息,
不像大海那样吓唬我,
它的名字很美丽。

——别太靠近,别!
小疯子,快趴下,
好好聆听它。
如果你愿意,
如果你不这样吓唬我,
我们可以留在这里一星期。

——它的名字很好听,叫什么来着?
重复一遍好不好。

---

① 必呦—必呦是智利南部一条较大的河流,因其流水的声音而得名。

——必呦－必呦，必呦－必呦，
我们的印第安人喜欢它，
给它取的名字多温柔！

——妈妈，为什么不让我留下？
它或许会和我说话，
它几乎就在说。如果我们
不走，一起停下来，
我会知道它说啥，
可能还会和我做朋友。
它能做什么坏事呢，
妈妈，它流得那么温柔！

——不，不，傻小子，
有时它会淹死人和牲畜。
你听，是的，我的小疯子，
它整天价，无拘无束。①

我要冲破一切拦阻
观赏那缓缓的河流
它在用两个音节
将心事倾诉。
说着"必呦—必呦"
伴随着两次颤抖。
我要俯身畅饮，直至它

---

① 一般的版本，没有这首诗开头和结尾的母子对话。

261

在我的骨髓中奔流……

我曾缺少欢呼，
可现在已经拥有：
永恒的摇篮曲，
低声的吞吞吐吐。
宽阔的水域，
笼罩着我们的网，
你为何洗礼像约翰①一样
你们像为约翰洗礼一样
为你们洗礼像约翰一样
将我们带在胸膛上……

将碎石冲刷，将受伤的山羊
和生病的狮子清洗。
上帝这样"吩咐"而它在回答，
以纯洁的战栗，
纤细的呼吸，
连胸脯都无需挺起。
我们三个这样注视着你，
时间已经失去，
钟情的儿女
畅饮你无休无止的流溢。
我们三个这样聆听你，
躺在蜷曲的牧草
和细软的沙地，孩子的脚

---

① 施洗约翰是耶稣的表兄，曾为众人（包括耶稣）洗礼。见《圣经》。

和鹿脚聚在一起。

我们不会离去,不会离去!
抓住你的大天使——
拉斐尔的静寂,
他过去、留下、延续、赞许,
甜蜜而又深沉,深沉而又甜蜜,
因为是一个口渴者在畅饮……
让印第安人畅饮你的吮吸,
慢慢地告诉他
你这样延续、留下和离开的秘密,
你用自己的嘘声
向他承诺赔礼、果园和爱情。

我的小鹿泅渡过去,
挥动划行的手臂,
孩子的眼睛在寻找
驱散恐惧的桥,
我将渡过
不用双脚,不用撑篙,
因为对我来说,是的:
灵魂比躯体更重要。

操着幼小亚伯①的声调,
"必呦—必呦",宽阔的背膀;
沿着坚硬王国的土地

---

① 亚伯是亚当和夏娃的次子。

缓慢、轻柔、灰色地流淌。
按照基督的意志
你或许在地上又在天堂,
我们会重新遇见你
好再饮你的琼浆……

——你说,你见过许多
可有更大、更美的河?

——在智利的土地上没有,
但是有的我还没有说,
远处有一些湖泊
它们默默地陪伴着
我们正朝着它们的方向
很快就到他们的身旁。

散文诗选

# 女教师的祈祷

致塞萨尔·杜阿茵

主啊,你曾执教,请原谅我现在也执教;原谅我有教师的称号,因为你乃天下之师。

请赋予我对学校唯一的爱,即使美枯焦了也无法夺走我时时刻刻对她的柔情。

导师啊,让我的激情经久不衰,让颓唐顷刻即逝。请剔除我心中对正义不纯的欲念吧,它使我至今无所适从;请剔除我心中那反抗的狭隘的暗示吧,当有人伤害我时,它会涌上心头。不要让我因不懂而痛苦,也不要让我因忘却所教事物而悲伤。

让我成为母亲中最好的母亲,这样我便能像她们一样,热爱并保护那不是"亲骨肉的亲骨肉"。让我的女孩儿们当中的一个成为我最完美的诗句,当我不再歌唱时,我将把凝聚在她身上的最动人的旋律留给你。

将你的教义的现时可能性指示给我,让我敢于时时刻刻为它而斗争。

给我民主的学校以光芒,将它撒在赤脚的孩子们围成的圆圈上。

让我变得坚强,尽管我是个无依无靠的贫穷女子;让我敢于蔑视一切不纯洁的势力,敢于蔑视一切对我生命的压迫,只要它违背你燃烧着的意志。

朋友啊,请陪伴我!支持我!多少次只有你在我身旁!每当我的主张最纯真、我的真理最炽热的时候,世人便离开我;那时,你便使我饱尝孤独与失落的心情紧紧贴在你的心上。我寻求的只是你温柔、赞许的目光。

给我朴实与深邃;使我摆脱日常教学中的烦琐或平庸。

每天,当我走进校门时,让我从心灵的创伤中抬起头来。不要把渺小的物质追求和每时每刻卑微的痛苦带到办公桌上。

处罚时,让我的手轻轻落下;抚摩时,让它变得更加温柔;教训时,要语重心长,使人明白我是为了爱而纠正他!

让我使自己砖垒的学校具有崇高的精神。让我热情的火焰笼罩它贫穷的门厅和简陋的课堂。让我的心灵变成它的支柱,让我高尚的意志变成它的财富,让它们胜过豪华学校的支柱和财富。

最后,通过维拉斯克斯①苍白的画布,让我记住,在世界上教人们强烈地去爱,就是带着刺穿伦格纳斯②肋部的矛头抵达生命的尽头。

---

① 维拉斯克斯(1599—1660),西班牙著名宫廷画家,又译为维拉凯维支。
② 伦格纳斯是古希腊晚期学者,曾在雅典开设学校,有"活图书馆"的美称。后来去东方帕尔米拉宫廷,为女王珍诺比娅之师。因建议女王抵抗罗马,战败后被处死。

# 母亲的诗

致堂娜路易莎·F.德·加西亚·维多夫罗

## 他吻了我

他吻了我,我变了样:心跳的速度成倍地增长,从我的气息中可以嗅到另一种气息。我的腹部和心灵同样高尚……

我甚至在自己的呵气中闻到花的馨香:这一切都由于他在我的体内温柔地留下了那种东西,像露珠儿落在草上!

## 他是怎样的人?

他是怎样的人?我曾长时间注视一朵玫瑰的花瓣,愉悦地抚摩它们,我愿他的脸庞也这般温柔。我曾抚弄过一团黑莓,愿他的头发也这般油黑、卷曲。然而如果他被晒成棕色,像制陶工人喜爱的红色陶土那样丰富,如果他的头发平直,像我的生活一样简朴,都无关紧要。

此时此刻,我注视着山峦的错落,当云雾迷漫时,我用云雾塑造出一位温柔至极的少女的身影,他或许该是这样。

然而,我尤其喜欢他用甜蜜的目光看着我,喜欢他用颤抖的声音和我说话,因为我希望来者就是我所爱的那个想吻我的人。

## 明　　智

现在我明白了在二十个春秋中,阳光为什么照耀我并使我能到田野上采集鲜花。在最美好的日子里,我常常扪心自问,为什么将温暖的阳光和清新的花草这样美妙的礼物送给我?

阳光照耀我,宛似照射蓝色的花束,是为了赢得我将献出的柔情。它在我的心底,将我的血液一滴滴酿造,这是我的美酒。

我曾为他祈祷,为了以上帝的名义,将我的泥土转送给他,让他去塑造自身。当我带着心灵的震颤为他朗读一行诗,美便像一团火一样焚烧了我,因为他从我的肉体上采集了自己永不熄灭的火焰。

## 柔　　情

为了我怀中抱着的熟睡的婴儿,我的步履轻盈。自从我心怀这一奥秘,我整个心都变得肃穆。

我的声音轻柔,好像是在悄悄诉说爱情,那是我害怕将他惊醒。

现在我的眼睛从人们的脸上寻找他们心灵深处的痛苦,以便使别人看到并理解,我的面颊为何这般白皙。

我轻轻地在草丛中探寻何处有鹌鹑筑巢。我蹑手蹑脚,悄悄地走在田野上。现在我确信,树木和万物都有自己的孩子正在睡觉,它们正躬身守护在孩子的上方。

## 祈　　求

不!上帝怎么会使我的乳房干枯,既然恰恰是他拓宽了我的腰身？我感到自己的胸脯在增长，宛似水面在宽阔的池塘上默默地升高。松软的乳房将宛似承诺的影子投映在我的腹部。

倘若我没有乳汁，那么在这条山谷中还会有谁比我更可怜？

像女人们用杯子收集夜间的露水一样，我将自己的胸脯摊在上帝面前，我给他一个新的名字，我称他为"注入者"，并向他祈求生命的琼浆。我的儿子将出世并如饥似渴地寻找。

## 敏　　感

我已经不在草地上玩耍，怕和姑娘们打秋千。我已是挂了果实的枝头。

我很弱，当我去花园时，连玫瑰的芳香都会驱散我午休时的睡意。随风飘来的歌声或夕阳在天空中的最后一搏所淌下的血色都会使我魂飞魄散，沉浸在痛苦之中。今晚，哪怕是我族人的一瞥目光，只要是严酷的，都会使我死去。

## 永恒的痛苦

如果他在我体内不舒服，我便脸色苍白；他在深处受到挤压，我便痛心疾首，只要这个我看不见的人儿一动，也许我就会死去。

但是你们别以为只有我怀他在腹内时，他才与我息息相关，血肉相连。当他自由自在地走路时，尽管他离我很远，吹着他的狂风也会使我肌肤疼痛，他的呼吸也会从我的喉咙里发出。儿子啊，我的泪水和微笑，总是先从你的面庞出现。

## 为了他

为了他，为了那宛似绿草下的小溪一样睡着的孩子，请你们别伤害我,别叫我操劳。请原谅我的一切:对备好的餐桌的不满和对噪音的仇恨。

当我将他放在襁褓中时,你们会向我诉说家中的痛苦、贫穷和劳累。

不管你们抚摸我的前额还是胸脯,他都会在那里并发出一声低吟,作为对伤害的回答。

## 平　　静

我已经不在路上走了;我对自己宽宽的腰部和深深的眼窝感到羞涩。请你们把花盆放到我身旁,请长久地演奏西塔拉琴①;为了他,我要沉浸在美中。

我在睡着的人身上诉说永恒的诗行,我在走廊里采集强烈的阳光。我要使自己像水果一样,让蜜汁渗向我的内脏。我要让松风吹拂自己的脸庞。

阳光和风在洗涤我的血液并使其颜色更浓。为了使它净化,我不仇恨、不抱怨,只是爱!

在寂静与和平中,我编织着一个躯体,一个奇迹般的躯体,他有血脉,有脸庞,有目光,有纯洁的心。

## 小 白 衣

织小袜,裁尿布,我要亲手做这一切。他将从我的内脏中出世,他将能辨认我的温馨。

绵羊柔软的茸毛:今年夏天人们为了他而将你剪下。一月的

---

① 西塔拉琴是一种有三组九根弦的古老乐器。

月光使它更加洁白,绵羊用了八个月使它更蓬松。它没有刺儿菜的针,也没有黑莓的芒。我的宝贝的羊绒是这般柔软,他就在那里睡觉。

"小白衣啊,他在通过我的眼睛注视着你们,并且在微笑,想象着你们是多么柔软……"

## 大地的形象

从前我没有见过大地真正的形象,大地的身姿犹如怀抱自己孩子的妇女(用粗大的双臂抱着她的婴儿)。

我渐渐明白万物母性的含义。凝视着我的山脉也是母亲,傍晚时分,雾霭有如孩童,在她的肩膀和膝头嬉戏……

现在我忆起了山谷中的一条沟壑。一条小溪唱着歌,沿深深的河床流淌,荆棘丛生的悬崖更使人看不见它的身影。我就像那条沟壑,觉得这条小溪就在我的心底歌唱,我把身体献给小溪,让它登上悬崖,奔向光明。

## 致夫君

夫君啊,别抱紧我,你使他像水中的百合一样,从我的内脏深处升了上来。请让我像平静的水面一样。

爱我吧,现在要更多地爱我!我是那么弱小!可我会在人生旅途中使你变成两个人。我是那么可怜!可我会给你另一双眼睛,另一张嘴,你将用它们享受世界之乐;我是那么娇嫩,可是为了爱情,我会像一只细颈花瓶那样打开,使生命的琼浆溢出。

原谅我!我走路时,给你斟酒时,都很笨拙;然而正是你使我这样臃肿,正是你使我在行动时怪模怪样。

你要比任何时候都更加温存。别再迫不及待地翻腾我的血液,别搅乱我的呼吸。

如今我只是一幅薄纱;我的整个身体是一幅薄纱,下面睡着一个婴儿!

## 母　亲

母亲看我来了;她坐在我身旁,有生以来我们头一回像亲姐妹似的谈起那件可怕的事情。

她颤抖着摸摸我的肚子并小心翼翼地让我露出胸脯。她的双手一碰,我的内脏便宛似绿叶一样温柔地敞开,汁液的激流涌上我的乳房。

我的脸红了,心里千头万绪,我向她诉说了自己的痛苦和肌体的恐惧,我伏在她的胸前;我又成了在她的怀抱中哭诉生活中的恐惧的小姑娘。

## 告诉我,母亲

母亲,将你早年体验的痛苦都告诉我。告诉我那小家伙怎样生成,怎样出世,此时此刻他正在搅动我的内脏。

告诉我,他会自己寻找我的乳房吗?还是要我主动地献给他、挑逗他?

母亲,把爱的学问告诉我。教给我更新的抚摩方式,轻柔的,比丈夫的抚摩更加轻柔。

接下来,我怎样洗他的小脑袋?怎样做才会一点儿不伤害他?

母亲,教给我那首摇篮曲,你曾在摇动我时唱着它。那首歌会使他睡得更甜美。

## 黎　明

我整夜都在受苦。为了献出它的礼物,我的肌体整夜都在震颤。我的两鬓渗出了汗珠;不过那不是死亡,而是生命!

主啊,现在我把你称作"无限的温柔",请你让他轻轻地坠落。

让他出世吧,让我痛苦的呼声冲向黎明,伴着鸟儿的啼声!

## 神圣的法则

都说我肌体中的生命减弱了,说我的血管像葡萄压榨机一样向外流淌:在长长的叹息之后,我只觉得胸部的轻松!

我自问:"我是何许人,怀中会有个儿子?"

我自答:"是他爱的女人,当接受亲吻时,他的爱曾要求永恒。"

抱着这个儿子,让大地注视我,祝福我,因为我已在繁衍,像棕榈一样。

# 最悲伤的母亲的诗

## 被　　逐

母亲说,今晚就把我撵走。

夜是温和的;借着星光,我能走到邻村;可孩子要是在这时候出生呢?或许我的抽泣唤醒了我;或许他要出来看看我的脸庞。他会在寒冷的空气中颤抖,尽管我遮盖着他。

## 你不该出世①

孩子,你为什么要出世呢?虽然你很漂亮,可谁也不会爱你。孩子,虽然你像别的孩子一样惹人喜爱地微笑,就像我最小的小弟

---

① 作者注:一天下午,我在特姆科可怜的街上漫步,看见一个村妇,坐在草棚门口。她就要临盆了,脸上现出极痛苦的表情。一个男人从她面前走过,向她说了一句粗话,使她涨红了脸。那时,我感到了对女性的全部关怀,感到了女人对女人的无限同情,我边走边想:"她是我们中间的一个,她应该说出(既然男人们从来不说)这美妙而又痛苦的感受之神圣。如果艺术的职能是在无限的同情中美化一切,我们为什么不在不纯者面前使这种现象得到净化呢?"于是,我几乎是怀着宗教的目的,写下了前面的诗篇。女性中的某些人,为了贞节不得不在残酷而且致命的现实面前闭上眼睛,她们将这些诗篇变成了庸俗的评论,这使我为她们悲哀。她们甚至暗示将这些篇章从书中去掉。

在这部个人的作品中,在我个人的眼中,它正是由于个性而显得渺小,这些富有人情味的篇章或许是完美生命的唯一的赞歌。难道该把它们去掉吗?

不!它们就在这里,我将它们献给这样的女性:她们能够认识到"生命的神圣起源于母亲,因而母亲是神圣的"。她们满怀深深的柔情,正是有这样的柔情,一个女人才会在家乡哺育别人的孩子,才会关注世上所有孩子的母亲。

弟一样,可除了我以外,谁也不会吻你。孩子,虽然你抖动着小手寻找玩具,可除了我的乳房和那一串泪珠以外,你什么也找不到。

　　既然那使我怀孕的人,从感到你在我腹中存在的时候起就开始恨你,你何必要出生呢?
　　然而,你出生了。孩子,你是为了我而出生的,为了孤独的我,就连他紧紧地抱着我的时候,我也是孤独的!

# 忆母亲

  母亲:在你腹部的深处,我的眼睛、嘴和双手悄悄地长成。你用最富有营养的血液浇灌着我,宛似雨露滋润着风信子藏在地下的根。我的感官都是你的,是向你的肌体的借贷,我凭着它而漫游世界。所有射进并闪烁在我心中的大地的光泽都会将你赞颂。

*

  母亲:我在你的膝盖上长大,宛似茁壮枝头上的果实。你的膝盖至今还留着我身体的形状;另一个儿子也没有将它抹去。你多么习惯摇晃着我啊,当我在路上跑时,你站在那里,站在家里的走廊上,似乎为感觉不到我的重量而悲伤。

  母亲:在"第一乐手"所演奏的百首旋律中,没有任何一首比你的摇晃更温柔,我心灵中的乐事无不与你的手臂和膝盖的摆动融合在一起。

  你一边摆动,一边歌唱,那些诗句都是俏皮的语言,都是你宠爱的借口。

  在这些歌曲中,你给我罗列地上的万物:山丘、果实、村镇、田间的小动物,好像为了让你的女儿在世上落户,你给她介绍家里的成员,这是多么奇怪的家庭啊!她已经是其中的一员了。

*

这样,我渐渐熟悉了你严峻而又温柔的天地:每一个名称,孩子们都是跟你学的。老师们只是在后来才使用这些你早已教会的美丽的名称。

母亲,你渐渐让我接近那些不会伤害我的纯真的东西:园子里的一叶薄荷,一块彩色的石子;而我在它们身上感受到了小伙伴的友情。你有时给我买玩具,有时给我制作玩具:一个洋娃娃,她的眼睛像我的一样大,一个很容易拆掉的小房子……不过你不会忘记,我不喜欢没有生命的玩具:对我来说,最美的玩具就是你的身体。

\*

我抚弄你的头发,像玩着光滑的水丝,抚弄你圆圆的下巴、你的手指,我将你的头发编起来又拆开。对你的女儿来说,你垂下的脸庞就是世界上的全部景观。我好奇地注视着你迅速眨动的眼睛和你碧绿的眸子中的闪光;母亲,还有当你痛苦的时候,那经常出现在你的脸庞上的奇异的表情!

的确,我的整个世界就是你的脸庞;你的面颊,宛似蜜色的山冈,痛苦在你的嘴角刻下的纹络就像两条小小的柔和的山谷。我注视着你的头,记住了形象:你的睫毛如同小草的颤抖,你的脖颈像植物的茎,而当你俯身向我时,便会皱出一道充满柔情的褶痕。

当我已经会拉着你的手走路时,便去认识我们的山谷,紧紧地贴着你,就像你裙子上的一条活的皱褶一样。

\*

父亲们都忙得不可开交,无暇领着子女出去散步或爬坡。

我们更是你的子女;我们依然纠缠着你,就像是杏仁待在封闭的杏核里一样。我们最喜欢的天空不是那个充满了亮晶晶的寒星的天空,而是另一个,是你眼睛的天空,眼睛离得那么近,当它们哭泣的时候,我们可以吻吻。

父亲在生活的疯狂中勇敢地闯荡,我们对他的生活一无所知。我们只看到他傍晚归来,常常把一小堆干果放在桌子上,看见他交给你那些为全家做衣料的粗棉布和法兰绒,你就用它们给我们做衣服穿。然而,给孩子们剥开干果并在炎热的中午哄他们睡觉的都是你啊,母亲。将法兰绒和粗棉布裁成小块儿,再把它们做成可爱的、孩子们怕冷的身体穿着正合适的衣服的也是你啊,穷苦的、至亲至爱的母亲!

孩子们已经会走路了,而且会像收集彩色玻璃球儿一样地收集语汇了。那时你便在他的舌面上放上一句轻轻的祈祷,这句话从此就留在那里,直至我们生命的最后一天。这句话是那样纯朴,就像百合的剑形叶片一样。用这么短的话,我们能要到在世界上舒适而又透亮地生活所需要的一切:要每天的面包,说人们是我们的兄弟,并赞美上帝的坚强的意志。

这样,它不仅为我们展示了犹如铺开的棉布一样充满形态和颜色的大地,而且也使我们认识了隐藏着的上帝。

\*

母亲,我是个悲伤的女孩儿,孤僻的女孩儿,像白天躲起来的蟋蟀,又像绿色的、喜欢沐浴阳光的蜥蜴。你常常为女儿不像别的孩子一样玩耍而难过。当她在家里的葡萄架旁与弯弯曲曲的藤蔓,与一棵苗条、俊秀的像一个惹人喜爱的男孩一样的巴旦杏树说话时,你常常说她在发烧。

此时此刻,她又这样与你说话,可你不回答她;倘若能看见她,你一定会用手摸着她的前额,像那时一样地说:"孩子,你发烧了。"

\*

母亲,在你以后,所有来教我们的人,都用很多的话才能教你用很少的话教给我们的东西;他们会使我们的听觉厌烦,抹杀我们"享受"听故事的快乐。你的女孩儿舒舒服服地待在你的胸脯上,轻轻松松地学习。你对女儿进行教育,就像献出金色蜂腊似的爱心;你从不勉强开口,所以总是从容不迫,你是在向女儿倾诉衷肠。你从不要求她安安静静、规规矩矩地坐在硬板凳上听你说话。她往往是一边听你说话,一边玩着你上衣的花边,或者是袖子上的螺钿纽扣儿。母亲,这是我所体验过的唯一令人愉快的学习方式。

\*

后来,我成了一个姑娘,尔后又成了一个女人。我独自行走,不再依偎你的身躯,我知道所谓的自由是一个并不美的事物。我看到自己的影子透射在田野上,难看而又悲哀,旁边没有你小巧的身影。我说话也不再需要你的帮助。我多么想还像从前那样,每一句话都有你的引导,好让我说的话成为我们俩共同编织的花环。

现在我闭着眼和你说话,忘却了我身在何处,好不必知道自己是在那么遥远的地方;紧紧地闭着眼睛,好不去看你的胸脯和我的脸庞之间隔着一片如此辽阔的海洋。我和你说话,宛如摸着你的衣裳;我微微张开双手,觉得你的手被握在其中。

我已经告诉过你:你把身躯借给了我,我用你为我造就的双唇讲话,用你的眼睛观赏神奇的土地。你同样通过它们看见热带水果——沉甸甸的菠萝和光闪闪的甜橙。现在你用我的眼睛观赏不同山峦的景色,它们与那座光秃秃的山是多么不同啊,你正是在那里养育了我!你通过我的耳朵倾听这些人的谈话,他们的口音比我们的更柔和,你会理解他们,爱他们;有时你也会为我而难过,当思乡的念头像一块烫伤似的折磨着我,睁大眼睛,在墨西哥景色中什么也看不到。

*

在今天和所有的日子里,我都感谢你给了我收集大地上的美的能力,就像用双唇吸水一样,也感谢你赋予我那痛苦的财富,我的心灵深处能承受痛苦并不会死去。

为了相信你在听我说话,我闭上了眼睛,并将这清晨抛到脑后,因为我想到你那里正是傍晚。至于其他的事情,由于无法言传,我就不再说了……

## 痴情的诗篇

### 我在哭

你说你爱我,而我在哭。你说要抱着我走过世界所有的山谷。

你用意想不到的幸福刺伤了我。你本来可以像给病人喂水一样,一点一滴地给我,然而你却让我在激流中暴饮!

我倒在地上,在灵魂领悟之前,我不会停止哭泣。我的感觉、面孔、心灵都聆听过,灵魂还是不曾领悟。

神圣的傍晚消逝了,我将扶着路上的树干,踉踉跄跄地回家……这是我上午踏出的小径,我将认不出它。我会吃惊地望着天空、山谷、村里的屋顶,我要问它们叫什么名字,因为我忘记了平生的一切。

明天我将坐在床上,并请求人们呼唤我,为了听到我的名字,也为了相信这一切。我会重新痛哭起来。你用幸福刺伤了我。

### 上　　帝

现在请和我谈谈上帝,我一定会理解你的话语。

上帝就是在我的目光上凝滞的你的漫长的目光,就是这无须语言的介入而对你的理解。上帝就是这么炽热、纯洁的奉献和难以言表的信任。

他像我们一样,热爱黎明,热爱正午,也热爱夜晚,他像我们俩一样,觉得开始在爱……

除了自己的爱情,他不需要别的歌,从叹息到抽泣,他一直唱着这首歌,然后又是叹息……

上帝就是在落下第一片花瓣之前的盛开的玫瑰的完美。

上帝就是这神圣的真实,对他来说,死亡是谎言。

是的,现在我理解了上帝。

## 人　　际

人们说:"他们没有爱,因为他们没有互相寻觅。他们没有亲吻,她还是纯贞的。"他们哪里知道我们只是一瞥目光中互相倾慕!

你我的工作相距甚远,我的座位并不在你面前。然而当我做自己工作时,似乎在用羊毛的网将你套住,而你在远处会觉得我的目光投向你垂下的头。你的心会被柔情搅碎。

白昼逝去,我们将有片刻的相会,但爱的创伤会支撑我们到另一个傍晚的降临。

只是在欢乐中翻腾而并未真正结合的他们,哪里知道我们只是由于一瞥目光便结成了眷属!

## 人们在谈论你

人们向我谈论你,用无数的话语使你淌血。人们为什么使自己的舌头无谓地疲劳? 我闭上眼睛,在心灵中注视着你。你,像清晨睡在玻璃上的霜花一样纯洁。

人们向我谈论你,用无数的话语将你颂扬。人们为什么使自己的舌头无谓地疲劳? ……我保持沉默,那颂扬从我的心中升起,光彩夺目,像从海上升起的云朵一样。

另一天,人们不再提起你的名字,而是狂热地赞美另一些名字。那些奇怪的名字落在我的头上,纷纷夭折了。而你的名字,虽然无人提起,却宛似春光,笼罩着整个山谷,尽管无人将它歌唱。

## 将我藏起来吧

将我藏起来吧,让世界不知我在哪里。将我藏起来吧,就像树干隐藏自己的汁液,让我在阴影中使你洋溢着芳香,宛似滴滴树胶一样,我用它使你变得温柔,而其他人不知道你的柔情来自何方……

没有你,我会丑陋,像植物被连根拔起,像根被抛弃在地上。

为什么我不像被封闭在核中的杏仁那样小?

让我化作你的一滴血,那样我会升到你的脸庞,我在那儿会像葡萄叶片上的色彩一样鲜艳。让我化作你的气息,那样我会在你的胸中跳动,在你的心上攀缘,我将出来,再从大气中回去,一生都将做这种游戏。

## 四瓣花

在一段时间内,我的灵魂是一棵树,有百万个鲜红的果实挂满枝头。那时只要看我一眼,就会使人感到充实;只要听一听上百只鸟儿在我枝杈间的歌声,就会令人深深地陶醉。

后来,我的灵魂成了一株灌木,繁茂的枝条压得它直不起腰来,但依然能溢出芳香的汁液。

现在,它只是一朵花,一朵四瓣的小花。一瓣叫美,另一瓣叫爱,它们紧紧地连在一起;第三瓣叫痛苦,第四瓣叫怜悯。就这样,一瓣接一瓣地开放,最后将一瓣也不剩。

四个花瓣的底部有一滴血,因为对我来说,美是痛苦的,爱只有忧愁,怜悯从创伤中产生。

你,当我的灵魂是大树的时候,就已经了解我,但却姗姗来迟,黄昏时分才来找我,或许从我身边经过时已经认不出来。我将在灰尘中默默地望着你,通过你的面孔,我会看出一朵朴实的花能不能使你满足。这朵花是那么渺小,就像一滴泪珠一样。如果我从你的眼中看到雄心,我将让你去寻找别的花,她们现在正是大树。

因为今天我在灰尘中的伴侣只能是朴实至极的人,他要安于这一缕微弱的光辉,他的雄心要彻底泯灭,脸要永远贴着我的土地,忘却世界,将双唇置于我的脸上。

## 魂　　影

傍晚,请你到田野上去,把脚印给我留在草地上,因为我在跟随着你。你要沿着习惯的小路,走到金色的杨树林,从那儿再到紫色的山上。你要边走边将自己献给周围的事物,抚摩一棵棵的树干,当我走过时,它们好好把你的抚摩还给我。你要在泉水中照一照,让泉水将你的脸庞保留片刻,直到我从那里经过。因为在人类的世界上,我再也无法见到你。

## 如果死神降临

倘若你受到伤害,只管叫我。从你所在的地方叫我,哪怕是从那耻辱的床上。我会去的,哪怕平原上芒刺林立,直到你的门前。

我不愿没有任何人,甚至连上帝也不让你的头舒舒服服地枕在枕头上。

我保存自己的身躯,以便为你的坟墓遮蔽雨雪。我的手将放在你的眼睛上,以便使它们看不到可怕的黑夜。

## 少一些神鹰,多一些小鹿

对智利人来说,我们国徽上的神鹰和小鹿是具有非凡表现力的象征,它体现了精神的两个侧面:力量与风度。这种二重性本身,就使得它极难表现出来。它们相当于某些神谱中的太阳和月亮,或者陆地与海洋,是两种对立的因素,二者都是美德,但对于精神来说,却构成一个难以解决的命题。

无论在学校里还是在那些慷慨激昂的演说里,人们总是不厌其烦地强调神鹰的寓意,对它那徽标上的同伴,对那可怜的小鹿,却很少论及,连它生活的地理环境几乎都无人知道。

坦率地说,我对神鹰缺乏好感,归根结底,它不过是一种美丽的秃鹫。然而,我见过它在安第斯山上空漂亮的飞翔。但一想到它化出那伟大的弧线只是为了悬崖绝壁上的一块腐肉,心中的激情便破碎不堪了。我们女人就是这样,比人们对我们的想象要实际得多……

学校的老师向孩子们解释说:"神鹰标志着一个强大种族的统治,体现了强者的自豪。它的飞翔是世间最美的事物之一。"

徽标滥用了猛禽的家族,在战争的标志中,有那么多的鸢、那么多的鹰,由于过多的重复,那钩嘴和铁爪已经说明不了什么。

我喜欢智利小鹿,为了更具特点,它连枝形的角也没有,对于教育家们不曾解说的小鹿,我大约会向孩子们说:"小鹿是一种敏感而又细心的动物,它与羚羊是亲戚,这就说明它与完美有缘分。"

"小鹿的力量在于敏捷。精细的感觉保护着它,锐利的听觉,全神贯注的水汪汪的眼睛,灵敏的嗅觉。它与自己家族的其他成员一样,往往不是用战斗而是用智慧来拯救自己,因为智慧使它具有难以形容的能力。它的嘴细小灵活,蓝色的目光搜索周围的树林;脖子是最纯洁的图画,两肋随着呼吸而伸缩,蹄子坚强,像银铸的一样。人们会忘掉它是动物,因为它倒更像一幅花的图案。它生活在灌木丛蔚蓝的光芒中,在它如离弦之箭的敏捷中也有光的闪烁。"

小鹿标志着一个种族的灵敏性:精细的感觉,富有警惕性的聪慧,洒脱的风度。这一切都是精神的防御,距离是看不见的,却很有效。

神鹰,为了美,必须在高空滑翔,彻底摆脱山谷;小鹿只要把脖子垂下水面,或高高仰起监视某种动静,就会成为完美的象征。

神鹰主动出击,将钩嘴啄进马背,小鹿借被动防卫以摆脱敌人,因为它能在百步之外就嗅到气味,在二者之间,我喜欢后者。能从甘蔗林后面观察动静的多情的眼睛,比一味从高空进行控制的残忍的眼睛好得多。

如果单单是小鹿,这象征或许太女性化,不宜表现一个民族的特征。在这种情况下,小鹿可以是我们精神的第一位的特征,是我们天生的脉搏,而神鹰则是紧急关头的跳动。在和平、晴朗的日子里,一切都应当是和平的,脸色、语言、思维都应当是温柔的,神鹰只能在极其危险的悬崖峭壁上空飞翔。

另外,对力量的象征最好不要夸张。在赞美国徽上的小鹿的时候,我想起了希腊人的桂树,既柔和又坚挺的叶子。桂叶之所以被选作象征,恰恰是因为希腊人是象征学的大师。

在我们的事业中,对神鹰炫耀得很多,我要说的是,现在应该炫耀一下我们所具有的其他东西了,我们对它们从未强调过。收集智利史上的友善举动就是很好的,这类事情的确很多;情同手足的事例充满了被遗忘的历史篇章。对神鹰的偏爱或许已经被我们造成了损害。将一个事物置于另一个事物之上是不容易的,但日久天长之后,可以做到。

有些民族英雄属于神鹰的范畴;同样,小鹿也有自己的代表人物,而现在是强调后者的时候了。

关于智利小鹿,动物学教授在下课时总是说:"这是鹿的种群中已经消失的种类。"

这小小的动物在某个地理区域消失并不重要,重要的是羚羊目在智利人中曾经存在并将继续存在。

# 修女胡安娜剪影

她出生在内潘特拉,两座火山①为她描绘着家乡的景色;它们为她溢出了清晨并为她延伸着傍晚。不过,是那轮廓完美的伊斯塔西瓦特尔,而不是圆锥形的波波卡佩特,影响着她的气质。

内尔沃说,那个村镇的气氛特别爽朗。她畅饮着高原大地的和风,这使她的血液更加流畅,目光更显羞涩,使她的呼吸变成一种轻松的陶醉。这是一种柔和、美妙的风,宛似冰雪融化的涓涓细流。

## 风度翩翩

高原的光辉使她眯起那双大眼睛,将广阔的地平线尽收眼底。为了适应那精细的氛围,天赐的苗条使她在走路时宛若自动反射的阳光。

她的村庄没有浮云的缥缈;同样,在她肖像的双眸中,既没有梦幻的空虚,也没有激情的困扰。在高原的明亮中,这双眼睛看到的是生灵和万物与纯洁环境的超凡脱俗。在那双眼睛的后面,思想也一定会有极清晰的脉络。

鼻梁和她的情感一样精细。嘴不悲不喜,充满自信;无论在嘴

---

① 即下面说的伊斯塔西瓦特尔和波波卡佩特,这是墨西哥城中最为著名的两座活火山。

角还是在双唇之间,都没有使她困惑的冲动的痕迹。

椭圆形洁白的面庞,优美清晰,像去了皮的杏仁一样:苍白的脸色将乌黑的眼睛和头发衬托得异常美丽。

纤细的脖子宛似修长的素馨;流过那里的血液不会黏稠,通过那里的呼吸也一定十分轻盈。

双肩小巧,而手呢,简直就是奇迹。从手上大概只能留下这样的印象,我们能通过她的手了解她的身心,那是贡戈拉式的宛似诗一般的手……秀美异常的手放在黑色的桃花心木的书桌上。她研读的那些博大精深的巨著,早已习惯于老学究们发黄的、布满皱纹的手,而当这只水灵灵的右手放在上面时,它们一定会感到惊讶的。

看她走路应当是一种享受。她高高的个儿,甚至会使人觉得她太高了,并想起马尔吉纳的诗句:"阳光长长地歇息在她的身上。"

## 求知欲

最初是个神童,在几周内偷偷学会了阅读;然后,是个令人迷惑不解的少女,就像光线一样机敏灵活,让曼塞拉总督高雅的食客们目瞪口呆。可怜的胡安娜!她不得不屈尊成为文人墨客们那令人厌烦的镀金的消遣。令他们更感兴趣的大概不是她的思想,而是她的美貌;然而胡安娜在那里,应付着他心怀叵测的献媚。沙龙里的清谈不过是殖民时期生活——宗教裁判所、虔诚的宗教剧以及处心积虑的献媚取宠——那应接不暇的宴会上的又一道菜肴而已。胡安娜要回答咬文嚼字的老家伙们用诗写成的令人生厌的信件,供他们消遣,还要在总督接见的过程中时而朗诵一首小诗,时而选择一段舞蹈。

后来,她成了博学的修女,在静修院天真甚至有点简单的世界里,她几乎是独领风骚。她的禅房很特别,书满四壁,桌上摆着地球仪和测量天体的仪器。

在这位伟大的贡戈拉①式的修女身上,要说她的灵感像刮风一样,那不是真的;不能说缪斯在朝她的太阳穴上吹灵气。她的缪斯是精确,几乎令人莫名其妙的精确;她的缪斯仅仅是智慧,而不是激情。激情,或曰放纵,只以一种形式在她的生活中出现,那就是对知识的渴望。她想通过知识到达上帝那里。在造化面前,她既不惊讶,也不回避,而是点点滴滴地、方方面面地尽情享受。对闪烁的星星,她想知道个究竟。她的美妙之处在于科学并未将她引向唯理主义。

在诸多特征中,她有自己种族的特征:批判意识,有时是满怀热情,却又是不折不扣的明智。

## 头巾下的蜇刺

她的民族还有一个特征:嘲讽。她的嘲讽很细腻,很美,宛似一团小小的火焰,她用嘲讽游戏人间。

对嘲讽与粗呢长袍的结盟用不着奇怪,圣黛莱莎也曾如此。这是她无形的盾牌,用来对付活动在她周围的如此紧张的世界。迟钝的修女们,常常怀疑这位才女,并总是在巨大书架的书籍中看到魔鬼伸出的角。她们忘记了其他杰出的禅房:两位名叫路易斯的西班牙人的禅房。不过,小小的金黄色的蜜蜂的蜇刺也会显得美丽,因为它既能蜇人也能酿蜜。

胡安娜的嘲讽无所不在,以至于从她的谈话、书信乃至诗句中无不流露出来。但玫瑰不是如此,柔媚的花瓣和尖刺是分开的,而这位修女却将尖刺放在了花心……

---

① 路易斯·德·贡戈拉(1561—1627),西班牙黄金世纪的重要诗人,"夸饰主义"的代表人物。

## 离群索居

她为何住进修道院?

一些人说,是由于一次爱情的教训;另一些人说,是为了保持她美妙的青春。或许并非如此而只是出于一种表示,就像有人扔掉一堆令人厌恶的东西,即沉重、粗野的尘世,而将双脚置于修道院洁白而又纯洁的岩石上。这样无论平民百姓还是王公贵族,他们贪婪的手臂就无法够到她。由于过分的敏感,她落落寡合。在她的态度中,美学多于神秘。

这后者,神秘的女性,并不是修女胡安娜;她的全部思想都浸透着基督精神,不过是在严格的道德意义上。神秘者,几乎总是,一半狂热,一半迷惘;宛似燃烧着的云,令人如痴如醉。她从未漫游过被某些人称作疯狂的国度,斯文登伯戈和诺瓦里斯的国度。神秘者认为直觉是开向真理的唯一窗口,闭上眼睛,不屑于分析,因为有形的世界是表面的世界。而修女胡安娜对知识如饥似渴,对她来说,仔细观察事物的周围是美好的。

## 修女胡安娜,真正的修女

一天,天文学,对星座徒劳的探索,使她疲惫;还有生物学,对生命精心而又失望的探寻,还有神学,它往往与唯理主义结亲。由于对科学的领悟,她产生了一种强烈的愿望,将禅房里靠墙而立的博学的书架统统撤去。

她想在禅房中跪下,与自己唯一的伙伴,绝望的肯皮斯①在一起,和自己对一切知识的爱的火焰在一起。

---

① 肯皮斯(1379—1471),德国神秘主义者。

她像圣弗朗西斯科①一样,热切地渴望卑微,她愿做修道院里卑微的工作,这或许是她多年来所拒绝的:擦洗禅房的地板,用她美妙的手去医治肮脏的疾病,也许基督在不动声色地注视着她。她还想做更多的事情:寻找苦行衣,她领略过鲜血流淌在受折磨的腰上的爽快。我觉得这是她生命中最美好的时刻;没有这个时刻,我或许不会爱她。

## 死　亡

她染上了重病并进入了痛苦的领域。从前她对此一无所知,因此对世界的感受是残缺不全的。血液就是生命,血和泪的味道一样,是咸的,这就是痛苦。现在好了,睿智的修女使自己的知识完整了。

好像上帝在等候这完美的时刻,在等候果实的破裂,于是使她跌倒在地。在她吟咏抑扬顿挫的十四行诗的时候,在她满口十全十美的词句的时候,上帝不愿召唤她。只有当这位睿智的修女跪在自己的床上,当她抽搐的唇边只剩下简单而又可怜的"我们的圣父"的时候,上帝才来到她的身旁。

由于她超越了自己的时代,超越得那么多以至于令人瞠目结舌;她体验了当今许多男人和某些女人的经历:青年时代对文化知识的狂热;然后,品尝脱落的科学之果的味道;最后是悔恨地追求一杯普普通通的净水,那就是基督永恒的卑微。

在内潘特拉果园中玩耍的天才的小姑娘,总督府中近乎神奇的睿智的少女,令人崇敬的博学的修女。但是比这一切都更加伟大的是那位修女摆脱了知识界的虚妄,忘却了名誉和诗句,在瘟疫患者的脸上收集了死神的气息。她死去并回到她的基督那里,宛似回到了至上的美,回到了平静的真。

---

①　圣弗朗西斯科(1182—1226),圣方济教派的创始人。

# 墨西哥素描

## 1. 巨人柱①

巨人柱宛如贫瘠的呐喊,旱地上充满渴望的语言。即使处在灌溉区的平原上,它也是郁郁寡欢的植物,固执的沉稳宛似痛苦的凝思。

大蜡烛般宛若直臂的形体,使它有了人性。当它孤独地挺立着,俨然是个在平原上修炼的骨瘦如柴的苦行者。身体四个侧面上的沟痕使它显得更加完美和谐。

巨人柱并非幸运的植物——如翠竹或白杨,它们的枝叶是"大地的欢笑"。它没有天生会颤动的鲜活树叶,也没有适合小鸟筑巢的三角形枝杈的温馨。

由于酷热,它那暗绿的颜色,在顶端略显发白。它的果实就是殷红的碧达雅。

巨人柱离群索居,甘于冷漠,孤寂地面对白云嬉戏的天空。

当它单独耸立时,颇为高贵;而排成长长的篱笆时,便显丑陋,带着几分家仆的悲哀并被路上的尘埃染上了些许白色。

想到它的奉献精神便使我对他满怀亲切之情。它守卫着印第安人的果园,那古老的阿兹特克人的家产。它们簇拥着排成小小

---

① 巨人柱是墨西哥常见的一种巨型仙人掌,高达十几米,其形如柱。它的名字在原文中有"管风琴"之意,也是针对其形状而言。

的方阵,为这不幸的种族守卫着小块土地,可从前这些人是整个大地的主人,而现在,他们几乎只剩下太阳,那是他们昔日的上帝,还有就是阵阵的清风,那是羽蛇的气息。

顽强的巨人柱,坚忍的巨人柱,捍卫你们那古老的印第安兄弟吧!他们是那样温和,连敌人也不会去伤害,他们像你们一样孤独地挺立在山坡上。

## 2. 龙舌兰

龙舌兰犹如大地的叹息,长吁一口,一道宽宽的垄沟。阔大叶片和锋利的尖端表明它浑身充满了力量。

我常把植物看作大地的情感:雏菊是她纯真的梦幻;茉莉是她追求完美的强烈愿望。龙舌兰则是刚毅的诗句,英雄的篇章。

它们出生成长在地表,脸贴脸地长在沟垄上,而不像巨人柱的那样挺直向上;它伸向四周,以孝子之情抚摸着垄土。

龙舌兰缺少下部的茎,那本是植物的精髓,使其更像是空中而不是大地的宠儿并使其具有女性理想的秀颈。它全身犹如一盏坚实有力的酒杯,盛得下整个原野一夜的露水。

酷热使它没有野草那惹人喜爱的嫩绿。它那青紫色,到傍晚时分就显得更加浓郁。因此墨西哥风景中占主导地位的便是这龙舌兰种植园所形成的紫色斑块,宛似远山倾泻下来的紫罗兰。

龙舌兰对印第安人,犹如枣椰树对阿拉伯人,具有多种品德。宽阔的叶片可盖屋顶;纤维有两种用途:坚硬的纤维可编织成印第安人背在背上的蜜色网具,也可编成结实的绳索;而那柔软的纤维便是人造丝。

还有,龙舌兰心脏上的"伤口"涌出的"蜜水"①,会凝结成冰糖。但是印第安人很不幸,正如帕斯卡②所说:"他们需要忘掉自己的不幸。"正是那无辜的汁液变成魔鬼般的饮料,给他们以虚假的快乐,在他们的内脏激起狂热,使他们在同一种冲动中去爱恋或厮杀。

墨西哥的龙舌兰,不要把隐藏在你心中的痴迷赋予可怜的阿兹特克或玛雅印第安人,而要为他们提供千百张阔叶,为他们搭成慈母般的屋檐;要为他们的船只提供缆绳和风帆,让这些船只运去当地的物产,给异乡人带去富足。

当人们航行在太平洋上,去征服世界市场的时候,请你把优质纤维的柔情带给女子,让她们亲手编织嫁衣。不要再把五百年来被奴役的苦楚带在途中,也不要再把被征服的忧伤挂在脸上。

## 3. 王椰树

王椰树比其他植物更直率地追求太阳:在阳光照耀下,比任何树木都更加陶醉。没有任何树干像它那样,绝妙地裸露着的树干沐浴着光明;中午时分,宛如一支沾满炽热花粉的巨大雌蕊。

王椰树有如一只酒杯,那种秀颈颀长、顶端仅仅是个小小的水晶裂口的威尼斯酒杯。枝叶在高处形成宽阔的树冠,完美而又多情。风,在它那里快乐地听着自己的声音。有时,羽状的树叶相互撞击,声音短促,宛似发自坚实有力、优雅可爱的船帆;有时,在清风中,像是数不尽的欢笑;有时,又充满妇人的窃窃私语,女性群体的悄悄话……当风儿静止时,王椰树微微摇摆,好像母亲在轻轻地摇晃婴儿(因为高高的树冠全然像母亲的怀抱一样)。

---

① 砍去龙舌兰的嫩蕊,挖一个洞,那里便源源不断地涌出汁液,味甘甜,称为蜜水,可做饮料,也可酿龙舌兰酒。
② 帕斯卡(1623—1662),法国著名哲学家、作家。

植物的一切形态都有人性。白杨象征着渴望;白蜡树和圣栎树宛似波阿斯和亚伯拉罕①式的族长,枝繁叶茂,派生出了许多植物的家族。王椰树的名字恰如其分,是从大地上耸立起的最纯洁的形象,是风景浮雕中最完美的杰作。

这热带无比湛蓝的天空伸展开来,仿佛只是为了充分描绘王椰树的优雅,只是为了使它那王者风范的线条更加清晰。

其他树木不该伫立在它身旁,即便是松树,在它身旁也显得有失风度;连那圣洁的南美杉也要略逊一筹。还应当清除它四周的灌木,因为它们会挡住视线,使人看不到那么高贵的树干如何拔地而起。

人们常常无礼地把王椰树种植在谷地和山坡;它应该生长在平地和高原,好统领周围的景色,让它那柔软的脖颈畅饮阳光。

且不说它的果实,有其馈赠于我们的蓝天下的身姿足矣;这圣洁的树,为报偿其占据的空间和饮用的清水,为我们提供了午后的阴凉,让我们坐在树下听它高声吟唱,愉快地观赏黄昏中在它后面渐渐变得苍白的流动的天空;它还使我们懂得,直线同它的姊妹——曲线一样,也是优美的。只要能在蓝天中勾勒出我们心中对渴望祈祷的正确态度,那么,就不管是高山还是人们纤细的臂膀,都没有这渴望的表情那么纯洁。

*

---

① 波阿斯和亚伯拉罕均为《圣经》中的人物,波阿斯是伯利恒人,是大卫王的曾祖父,亚伯拉罕被视为阿拉伯人的祖先。

有人从大海里找到了一种精神的准则;也有人认为它凝聚在基础雄厚、巅峰耸立的山中。然而比高山更多情、比大海更朴实的王椰树不是这精神准则的真正象征吗?

从它拔地而起时,就不像高山那样依赖大地,也不像高山那样骤然变小。它矫正了景色的粗野:繁茂的枝叶变成井然有序的整体,成为庄严肃穆的象征;踩躏田野的粗暴的树丛,荆棘和扭曲而又不幸的灌木,在它秀丽的脖颈下也改变了模样。

在整个景观中,王椰树有如主宰着人类的雅典娜。

她的平和源于她的整体与完美(孕育了自己完美线条的生灵,可以心安理得地休憩了)。我们的眼睛同样可以在她身上休息,而不必去顾盼那些无用的繁枝杂叶。当我们以亲切的目光享受着它时,头脑会化作为宗教的凝思。我们真愿意像它一样,只想奋飞,只有一个愿望,有如投枪,指向崇高的人生。

\*

若没有那绿色的会唱歌的羽冠,王椰树或许是冷漠的;但树冠的欢快流淌在聚集的树干上,并使那舒展的树叶的和善,宛似在抚摩清风。王椰树好像一股思绪,不仅没有消失在树梢,反而变得纷繁起来,或者如同会爆发成千言万语的爱的久久的沉默。

\*

古巴和墨西哥的王椰树,所有的诗人都吟咏它,所有的画家都描绘它。它们的摇曳会给被奴役的黑人和印第安人带来安慰:将他们的叹息淹没在自己不停地叹息中,免得被人听见。

墨西哥印第安人钟爱王椰树;在瓜达拉哈拉,人们把王椰树描绘在陶罐上,并把它带在身边;他们细腻纯洁的身影与王椰树有某些相似之处；也许王椰树用其身影将温柔注入了他们的秉性之中，印第安人的质朴，似乎是受了这庄严之树的熏陶。

椰树像雅典娜一样，这女神不仅聪慧，而且还有用：其果实，即椰子，白色的内壳好像人的手掌，捧满颤动的汁液；果肉含油，这便使它如同兄弟橄榄一样，成为真正的宗教之树；此外，从椰树干上很容易取出与其说是存在不如说在流动的蜜水。

那果实焦黄成串，颜色似沙漠中的椰枣。椰枣凝聚着阳光，像嬉戏的孩子一样，风趣地落在树荫下休息的贝督因人的脸上。

美洲的王椰树堪称印第安人之神，犹如枣椰树是阿拉伯人之灵。它应当是仙女，信徒们一见它的身姿便想起涂油礼；它的手上充满减轻伤痛的油脂，而它身上痛苦地保存的蜜汁，则犹如欲言又止的爱的话语。

一个走遍世界各地的人，在其生命最后日子里可以说："我已见过世上最崇高的景观。同样，王椰树的浓荫曾落在我的脸上，而且我曾触摸她那永恒的脖颈。"

# 门前遐思

我在这座教堂的门前驻足良久。它高约八至十公尺,宽约五公尺,因而便于人群顺畅地通过。落叶松的木料如同上了深色的油漆,与整个教堂凄凉、朴实、宽厚的石材,与冷漠的内殿以及神坛上悲伤的圣像相得益彰。

从一端到另一端,整座门上布满了雕刻,艺术家将它雕刻得如此精细,使人忘记了这是木头,而认为它是塑料和贴边等更为柔软的材料。成千上万交织在一起的形象:花卉和人物的图案,交织的叶片,天使的面庞,既不拘泥也不妩媚,因为拘泥不是天主教的神秘之物,而妩媚往往与香艳有染。

注视着这件几百年前的巨作,像注视前辈留给我们的所有东西一样,我思考着它能够传到我们手上所需要的时间。

我愿想象成只有一位工人,因为个体劳动会比集体或群体劳动的作品更高尚。这位高尚工人的进度将是何等的缓慢啊!这扇门或许是在这样的一个墨西哥的春天开始的,天空晴朗,阳光明媚;人们交给他的木料或许具有热带地区浸透着的植物的芳香。

春天渐渐过去,秋天到来,秋天的柔情往往使艺人的手乏力;冬天来了,工作依然在继续,手依然在作品上,宛似与它焊在了一起。艺术家的工作就是以这种爱的紧张方式进行的。在进行过程中,一种神秘的献身精神使人与材料融为一体。

那位艺术家不会太年轻,因为年轻人干活总有点毛躁,有点火暴,不适应慢工细活。我更愿意把他想象为一个成年人,已在诸多类似的工作中磨出了耐性。

他的手有点柔软,但不松弛,它仿佛浸透了生活中创造的美,它就是栖息在大师杰作中的全部精髓。

年迈艺术家们枯黄的双手与那位老神甫的手相仿,后者已抚摩了四十年圣杯和圣盘。

我要创造那目光炯炯的面孔,那雕刻殖民地之门的驼背的身躯。

他,和世上所有的建筑师一样,宛似一个影子从自己的作品前闪过,无名氏同样有神秘感。人们找不到艺术家的名字,也不会有他在哪个空洞里的暗示;他的荣耀还不如雕刻出的莨苕①与橄榄的叶片。

我饶有兴味地抚摩着这扇门,千百万死者曾从门下经过,他们同属于我的庞大的种族。他们由于自己的痛苦在寂静的教堂内得到平息而变得崇高。我通过吻一朵雕花向那位消失的艺术家致意。他在身后留下了不朽之作,在那里一百年不过是彩色中的一笔……

---

① 莨苕是一种在西班牙语国家常见的植物,深绿色,极茂盛。

# 致墨西哥妇女

墨西哥妇女：哺育你的孩子吧，我们的民族就体现在他们的身躯和精神里。

你殷红的血，呈现出太阳的颜色，多么丰沛；你线条精致的身躯蕴藏着力量，表面却显得柔弱。你天生就是为了养育最勇敢的胜利者、组织者、工人和农民，人民在危急关头需要他们。

你端庄地坐在家中的走廊里，多么宁静，多么安详，有如倦怠；可实际上你那宁静的膝头比一支军队还有力量，因为你摇晃着的也许是你们民族的英雄。

墨西哥母亲，当有人对你说，有些女人挣脱了做母亲的负担时，你的眼中喷出怒火，因为你为做母亲而深感骄傲。

有人告诉你，要你像某些母亲那样，别再守候在摇篮边熬夜，别再熬干自己的血液给孩子喂奶，你对这样的劝诫不屑一顾。你从不拒绝在发烧的孩子身边度过千百个揪心的夜晚，你也不容许孩子去吮吸雇来的乳房。你给孩子哺乳，摇他入睡。为了寻求高尚的榜样，你从不去看本世纪那些疯狂的女人，她们在广场和沙龙跳舞胡闹，对自己的孩子漠不关心。你把目光转向古老而又永恒的榜样——希伯来和罗马的母亲。

让你的孩子快乐吧，因为快乐能使血液变得殷红，使肌肉变得温馨。和孩子一起歌唱吧，唱你家乡最甜美的歌。在孩子身边游戏吧，玩花园里的沙土，在澡盆的温水里嬉戏，带他到你那阳光明媚的高原的田野去吧。

有人说,你的纯洁具有宗教的美德,那也是一种世俗的美德,你的腹内养育了一个民族:众多的公民悄悄地从你的怀中诞生,就像你的祖国的清泉,源源不断。英雄有如鲜红的果实,你就像支撑果实的绿枝。

墨西哥母亲,你生长在美丽而又坚实的国土上:这里结出世上最美好的果实,长出柔软而又令人爱的棉花。可你是大地的同盟者,生育出儿女用勤劳的臂膀收获果实、采撷棉花。你与大地合作,因此,大地每天用晨光为你增辉。

墨西哥母亲,请为你的儿子大声疾呼,为那些不受欢迎的缰绳者索取他们的生存权利吧!为了它,你有权提出各种要求。为他要求阳光充沛、窗明几净的学校;为他要求快乐的公园;要求令人愉悦的华宝、有教育意义的书籍和电影;要求得到法律方面的支持。这样,如果有什么事情玷污了你,贬低了你的生命,你可以诉诸法律,为你那些卑贱地降生、屈辱地生活的非婚生子洗雪耻辱,使他们能和别的孩子一样;让法律保障你的工作,也保障你那些在工厂里被繁重的或积累得筋疲力尽的孩子们的工作。

为此,你们会变得群情激愤,尽管依然严肃。你们的话语不会粗俗,甚至堪称圣洁。

墨西哥母亲,人们迟早会听见你们的声音。正义的人们——他们为数众多——会转过脸来望着你,因为你的尊严高过其他许多的尊严。当惠特曼看见你走过时,便在诗中这样唱道:"我对您说,没有谁比人的母亲更伟大!"

墨西哥母亲,我母亲的姐妹,我爱你。你能绣出精美的花卉,织出蜜色的草席,为葫芦涂上鲜艳的色彩。你又如《圣经》中的女性,身着蓝色衣裙,穿过田间,为浇灌玉米地的儿子或丈夫送饭。

我们的民族将在你的儿子身上受到考验;我们将靠他们救赎,

或为他们而丧生。上帝为他们安排的命运如此艰难,北方①的波涛拍打着他们的胸膛。因此,当你的儿子搏击或歌唱时,南方②的兄弟便将面向北方,既满怀希望,又惶恐不安。

墨西哥妇女:你膝头上摇晃的是整个民族,此时此刻,你的使命最伟大,也最崇高。

---

① 指北方邻国(美国)。
② 指墨西哥以南的拉丁美洲国家。

# 歌　　声

一位妇女在山谷唱歌,掠过的阴影将她遮挡,但歌声使她挺立在田野上。

她的心碎了,像她今天傍晚在小溪的卵石上摔碎的水罐一样。但她依然在唱,从那隐蔽的窗口传出的一缕歌声,变得更纤细,也更强劲。在悠扬的曲调中,歌声被鲜血浸湿了。

由于每天都有人死去,田野里其他声音都已沉寂。刚才连那只落在最后的小鸟的啼啭也听不到了。她那不会死去的心,汇拢了一切已经沉寂的声音,现在她的歌声虽已变得高亢,但却始终甜美。

她是在为丈夫歌唱?暮色中丈夫正默默地望着她。要么,她是为孩子歌唱?孩子是那么迷人,使她减轻痛苦。或者,她只是为自己的心歌唱?她的心比黄昏时分孤独的孩子更加无依无靠。

这歌声使正在降临的夜晚变得慈爱,繁星带着人间的甜蜜在闪烁,布满星斗的天空变得通晓人情,理解大地的痛苦。

田野纯净得像月光下的水面,平原抹去白昼那龌龊的浊气,人们相互的憎恨。那女人依然在歌唱,歌声从喉咙飞出,越过变得高尚的白昼,朝着繁星飞升!

# 墨西哥印第安妇女的身姿

墨西哥印第安妇女婀娜多姿。她们大多长得秀美,但并非我们习惯的那种美丽。她们的肌肤并不是螺钿般的粉红色,而是黑黝黝的,宛若被太阳晒得焦黄的麦穗。眼睛闪着热烈而又温柔的光,面颊轮廓俊秀,前额就像女人应有的那样不高不低,嘴唇恰到好处,不厚不薄。说话声调柔和,带着一丝苦涩的韵味,好像喉咙深处总含有一大滴泪水。印第安女人很少肥胖的,身段苗条灵巧,头上顶着或腋下夹着水管,或者像背着水罐似的背着孩子。她们和丈夫一样,身上有生长在山冈的巨人柱所具有的纯洁。

披巾使她们的线条显得朴素,像《圣经》里的人物一样。披巾是狭长的,虽有许多大褶子,并不使她们的身材显得臃肿,像一股宁静的水流从脊背和膝头流下去,尽头的流苏有如一股水花。美极了。为了显示它的魅力,流苏很长,编织得十分精细。

披巾几乎总是蓝色的,点缀着百色花纹,就像我见过的最美的彩蛋,但有时是色彩鲜艳的细条纹。

披巾将她们裹得紧紧的,就像芭蕉宽宽的新叶在展开之前裹着粗粗的主干一样。有时披巾从头部披下来。那不是多角的俏丽披巾,在女人的金发上扎一只黑蝴蝶;也不是热带地区那种大花毯似的绣花披巾。那披巾只是简朴地披在她们头上。

印第安妇女用披巾将孩子松松地绑上,舒舒服服地背在背上。

她们还是无法摆脱孩子的旧时妇女,用披巾裹着孩子,就像将胎儿裹在腹内一样,腹部就像用血液织成的又薄又结实的布。她带着孩子到星期天的集市。她叫卖时,孩子就在那里玩水果和闪闪发亮的廉价商品。和背上的孩子一起,度过漫长的日复一日——甘愿永远背着幸福的重担。尚未学会贪图自在……

裙子一般是黑色的。仅在某些地方,在炎热地区,裙子才像彩绘葫芦那样绚丽。为了便于走路,当她提起裙子时,裙子张开来,有如令人炫目的扇子……

她们的身姿宛似花朵的两种样式:宽形的,有大褶的裙子和绣着凸花的上衣组成,像盛开的玫瑰;另一种由筒裙和简洁的上衣组成,茉莉花的形状,以筒形为主。印第安妇女的身姿几乎总是这样完美。

她走啊走啊,从普埃布拉的山区和乌鲁阿潘的田园来到都市;她赤着脚长途跋涉,小巧的脚也不会变形(阿兹特克人认为,大脚是蛮族的标志)。

她走着,下雨时蒙着头;在晴天的阳光下,将黑黑的辫子系在头顶。有时用彩色毛线编织成夺目的鹦鹉式羽冠。

她站在田间,我注视着她。她具有的不是古罗马双耳细颈瓶似的身姿,臀部纤巧,像一只酒杯,一只瓜达拉哈拉的金色酒杯,面颊好像被炽烈的炉火舔过,那烈焰就是墨西哥的阳光。

经常走在她身旁的是她的印第安男人;宽宽的草帽,影子投在她肩上;她的衣衫雪白,有如田野上空的闪电。他们默默地走着,在那充满凝思的景色中前进;偶尔交谈几句,我虽听不懂什么意思,却听得出话语的甜蜜。

他们原先大概是个快乐的种族:像安置世间第一对男女那样,上帝将他们安顿在花园里。但是,四百年的奴役生活,就连他们的太阳的光辉和水果的颜色都黯淡了;他们道路上的黏土,本来柔软得像掉落的瓜瓤,现在也变得坚硬了……

诗人们没有讴歌过这些具有亚洲人特征的印第安妇女,她们像路得①那样善于劳作,由于常在禾垛上午睡,面庞黑黝黝的……

---

① 路得是《圣经·旧约》中的人物,摩押人,守寡后与婆婆来到伯利恒,后与波阿斯结婚,成为大卫王的曾祖母。

# 艺术篇
## 致马丽亚·恩里克塔

## 美

一首歌是世间万物给我们打开的一个爱的创伤。

粗俗的人,对你来说,只有女人的腹部,女人的肉体,才会使你痴迷。我们同样痴迷,我们接受世间一切美的刺激,因为对我们来说,缀满繁星的夜空就是强烈的爱,它与对肉体的爱没有什么两样。

一首歌是我们对世间的美的一个回答。我们是以无法抑制的震颤来做出这种回答的,这震颤与你面对裸露酥胸时的震颤没有什么两样。

为了以热血回报美神的抚摩,为了回答她无数次的召唤,我们比你更心急如焚。

## 艺术家十诫

一、爱美,因为美是上帝在人间的投影。

二、没有无神论的艺术。即使你不爱造物主,也无法否认你和他进行着相似的创造。

三、不要将美当作感官的饲料,而要使它成为灵魂的天然食物。

四、艺术不是你纵欲和虚荣的借口,而是神圣的事业。

五、不要到集市上去寻求美,也不要将美带到集市上去,因为美是贞洁少女,她不会在那里出现。

六、美将从你的心灵升华为你的歌唱,它首先会将你本人净化。

七、你的美又叫作同情,它使人的心灵得到安慰。

八、像孕育婴儿一样创造你的作品,要花费千日的心血。

九、美不是使你沉醉的鸦片,而是点燃你行动的慷慨的琼浆,因为如果你不再是男人或女人,也就不再是艺术家。

十、对一切创造都应该感到惭愧,因为它总是低于你的梦境。

附 录

# 诺贝尔文学奖授奖词

一天,一位母亲的眼泪使一种被社会轻视的语言,由于诗歌的力量而重获尊严并赢得了荣誉。据说,米斯特拉尔,两位同名并同样具有地中海气质的诗人中的第一位,当时还是年轻的大学生,用法文写出了第一批诗句,使母亲泪如泉涌。实际上,她不过是朗格多克①一位无知的农村妇女,并不理解这精致的语言。从那时起,她的儿子决定用母语——普罗旺斯语写作。他写了《弥洛依》,讲的是美丽村姑对贫穷工匠的爱情,这部史诗洋溢着花乡的芬芳,结局却是残酷的死亡。由此,行吟歌者的古老语言又成了诗的语言。一九○四年的诺贝尔文学奖引起世界对此的关注。十年后,创作《弥洛依》的诗人谢世。

同年,第一次世界大战爆发,又一位米斯特拉尔,从世界的另一端,在智利圣地亚哥花奖赛诗会上出现,并以几首献给亡者的情诗赢得了桂冠。

加布列拉·米斯特拉尔的经历,南美人是那么熟悉,从一个国家传到另一个国家,几乎成了神话。而此时此刻,当她越过安第斯山的群峰和烟波浩渺的大西洋,终于来到我们面前,使我们有幸在这个大厅,对她的经历再做个简要的回顾。

几十年前,她出生在艾尔基山谷的一个小村落,一位年轻的农

---

① 朗格多克是法国南部的乡村。

村教师,名叫卢西拉·戈多伊·阿尔卡亚加。戈多伊是父姓,阿尔卡亚加是母姓,双方都是巴斯克人后裔。父亲曾是教师,能脱口而出,即席赋诗。在他身上,这种天赋似乎是和诗人惯有的焦虑和不安融在一起的。他为女儿修建了一座小花园,却又在女儿幼小时抛弃了家庭。年轻的母亲,大概活了很大年纪,她说,常常惊奇地发现孤独的小女儿在果园中和花儿、鸟儿结结巴巴地亲切交谈。根据一个传说的版本,她曾被学校开除。看来,他们认为她没有天分,不愿在她身上浪费教育的时间。她以自己的方式自学,终于成了坎特拉小镇的乡村教师。年满二十岁时,她在那里实现了自己的宿愿。一位铁路职员在同一个镇上工作,两人产生了强烈的爱情。

对于这段经历,我们所知甚少。我们只知道小伙子背叛了她。一九〇九年十一月的一天,一颗子弹穿过了他的太阳穴。

姑娘陷入极度的绝望。她像约伯一样,向苍天呼号,抗议他竟让这样的事情发生。从那隐匿在智利荒凉、炽热的崇山峻岭中的小镇升起了一个呼声,周围很远的人们都能听到。于是,一个日常生活的悲剧不再具有私密性,而是进入了世界文坛。就这样,卢西拉·戈多伊·阿尔卡亚加变成了加布列拉·米斯特拉尔。这位外省的乡村小学教师,这位拉格洛夫①和玛尔巴卡年轻的同事,竟成了拉丁美洲的精神女王。

她写给亡者的诗篇一经发表,新诗人的名字便传开了,加布列拉·米斯特拉尔朦胧而又充满激情的诗歌开始在整个南美洲传播。然而,直到一九二二年,她才在纽约出版了自己伟大的诗集《绝望集》。书中的第十五首诗中涌出的是母亲的泪水,是为亡者

---

① 拉格洛夫(1858—1940),瑞典女小说家,是第一位获诺贝尔文学奖的女作家。

之子流的泪水,这个儿子永远也不会出生了。她说:

> 要一个儿子!就像春情萌动的花木
> 将蓓蕾向蓝天延伸。
> 一个儿子,有着像耶稣一样大大的双眼,
> 动人的前额,充满渴望的双唇!
>
> 他的双臂像花环,盘在我的脖子上,
> 我肥美的生命之泉向他流淌,
> 我的心田开出了芬芳的花朵,
> 使所有的青山都飘溢着清香。
>
> 当我们满怀着爱穿过人群,
> 在那里碰到一位怀孕的母亲,
> 用颤抖的嘴唇和乞求的眼睛将她注视,
> 想要个目光温柔的儿子却使我们成了盲人!
>
> 幸福和憧憬使我夜不能眠,
> 情欲并未降临我的床边。
> 为了在歌声中诞生的儿子
> 我将胸怀敞开,将手臂舒展……

加布列拉·米斯特拉尔将她的母爱倾注在自己教育的孩子们身上。为他们写了朴实无华的歌谣和"龙达",一九二四年在马德里汇编成册,题为《柔情集》。有一次,四千名墨西哥儿童为她演唱了这些"龙达"。加布列拉·米斯特拉尔成了"母爱诗人"。

一九三八年伊始,为了作为西班牙内战牺牲品的孩子们,她在布宜诺斯艾利斯出版了第三本厚厚的诗集《塔拉集》。(书名可译

为《摧毁》,但又指一种儿童游戏。)

和《绝望集》凄婉的格调不同,《塔拉集》表现了南美大地普遍的安详,我们能嗅到它的芬芳。我们又看到她在儿时的果园里,又听到她和自然万物的亲密交谈。神圣的赞歌和纯真的童谣奇妙地融为一体,这些关于面包、玉米、葡萄酒、盐和水——这是以不同的方式奉献给惶恐的人类的水!——的诗篇,赞美了人类生命最重要的食粮!

> 母亲给我端水,
> 在童年时的家园。
> 在一口一口地吮吸中
> 我见她浮现在罐里的水面。
> 头越抬越高,
> 罐越来越远。
> 布兰科河山谷,我的口渴
> 和她的眼神,依然在心间。
> 这将永不磨灭,
> 如今仍似当年。
>
> "我记得儿时的形象
> 就是给我水喝时的模样"。

女诗人为我们献上亲自用慈母之手酿制的饮料,既有泥土的味道,又能抚慰心灵的饥渴。它源自希腊的岛屿,为了萨福①;它源自艾尔基山谷,为了加布列拉·米斯特拉尔,这是大地上永不枯竭

---

① 萨福是古希腊女诗人,有人说她可与荷马相提并论。

的诗歌之源。

　　加布列拉·米斯特拉尔女士：为了一篇如此简短的致辞，您做了一次过于漫长的旅行。在几分钟的时间里，像讲故事一样，我为塞尔玛·拉格洛夫的同胞们，讲述了您从一名小学教师到登上诗歌女王宝座的传奇经历。为了向丰富多彩的伊比利亚美洲文学致敬，今天我们要专门向它的女王致敬，她就是写出了《绝望集》的诗人，是仁慈和母爱的伟大的歌者。

　　现在，请您从国王陛下手中接受瑞典科学院授予您的诺贝尔文学奖。

瑞典科学院院士　雅尔马·古尔伯格

# 诺贝尔文学奖获奖演说

我在此荣幸地向各位亲王殿下、向外交使团尊贵的成员们、向瑞典科学院的院士们和诺贝尔基金会、向出席此次颁奖活动的政府和社会贤达,致以崇高的敬意。

今天,瑞典将目光转向遥远的伊比利亚美洲,将荣誉授予其众多的文化工作者中的一位。艾弗雷德·诺贝尔的世界精神会感到欣慰,因为已将对文化的保护行动辐射到美洲大陆的南半球,人们对它的了解极少而且极差。

作为智利民主的女儿,令我感动的是,面前有一位瑞典民主传统的代表人物,其创新性在于使在宝贵的社会创造不断焕发青春。对过去的传统令人敬佩的净化,完整地保留古老的品德,对现时的适应和对未来的预判,这就是瑞典,这是欧洲的光荣,是美洲大陆接触的典范。

作为新兴民族的女儿,我向瑞典精神的先驱者们致敬,我从他们那里不止一次得到了帮助。我记得它的科学家们,他们丰富了民族的躯体和灵魂。我记得它的教授和教师队伍,他们向外国人展示了堪称楷模的学校,我由衷地热爱瑞典人民的其他成员:农民、手工业者和工人。

出于侥幸,此时此刻,我成了本民族诗人们直接的代言人,成了卓越的西班牙语和葡萄牙语民族的诗人们间接的代言人。他们无不乐于应邀出席北欧生活中充满千百年来民歌和诗歌氛围的庆祝活动。

愿上帝保佑这一模范民族的遗产和创造，保佑它为保持不可估量的过去以及为满怀航海民族无往不胜的信心度过现在而建树丰功伟业。

我的祖国，在此由博学的加哈尔多部长代表，尊敬并热爱瑞典，我应邀到此，就是为了对瑞典赋予她的特殊荣誉表示感谢。智利将把你们的慷慨珍藏在最纯洁的记忆中。

加布列拉·米斯特拉尔
一九四五年

# 米斯特拉尔生平及创作年表

**一八八九年**
　　四月七日,卢西拉·德·玛丽亚·德尔·佩尔佩杜奥·索科洛·戈多伊·阿尔卡亚加(加布列拉·米斯特拉尔)出生在智利艾尔基山谷的维库尼亚镇迈普大街七五九号。母亲是佩特罗尼拉·阿尔卡亚加。父亲是胡安·赫罗尼莫·戈多伊·维亚努埃瓦。

**一八九二年**
　　其父胡安·赫罗尼莫·戈多伊开始离家出走,只是偶尔回家。卢西拉在小山村蒙特·格兰德与维库尼亚度过童年。

**一九〇一年**
　　随家搬到拉塞雷纳,卢西拉这年开始写诗。

**一九〇四年**
　　开始在拉塞雷纳德报刊上发表文章与诗作。署名"某人"、"孤独"、"灵魂"等。虽考上师范学校,却被拒之门外。

**一九〇五年**
　　开始任乡村小学教师,在离维库尼亚不远的小村拉贡巴尼亚教书。

**一九〇六年**
　　到拉坎特拉小学任教。

**一九〇七年**
　　在《艾尔基之声》和《改革报》上撰文,为圣地亚哥的《明与暗》

杂志撰文。

**一九〇八年**

由卡洛斯·索托·阿雅拉编辑的《科金波文学》收入卢西拉的作品,三首散文诗:《幻想》《海边》《私人信件》。从这年起她开始用笔名"米斯特拉尔"、"米斯特拉莉"。

**一九〇九年**

到拉塞纳学校任视察员。此间为取姐姐艾梅丽娜的信,常去科金波车站,从而认识铁路职员罗梅里奥·乌雷塔。

**一九一〇年**

通过圣地亚哥师范学校的考试,从此获得正式教师的资格。被派往离圣地亚哥不远的巴朗卡斯学校任教。

**一九一一年**

被任命为特拉伊根学校教员。

**一九一二年**

到智利北方港口城市安托法加斯塔女子学校任历史教员和总视察员。不久后被派往智利中部安第斯城学校任视察员和卡斯蒂利亚语教员,直到一九一八年离开这所学校。开始用"加布列拉·米斯特拉尔"这个笔名,直到逝世。

开始给卢文·达里奥写信。这位大师鼓舞她创作并发表作品,因此她能够在《优雅》杂志上崭露头角。

在安第斯城结识日后任智利总统的堂·佩德罗·阿吉雷·塞尔达。此人是她的终生保护神。

**一九一四年**

十二月十二日,以她的三首《死的十四行诗》在圣地亚哥赛诗花会上获得鲜花、金质奖章和桂冠。开始与智利诗人曼努埃尔·麦哲伦·牟雷互致爱情书简。这种交流保持到一九二一年,书信多达上百封。

一九一五年

她的父亲胡安·赫罗尼莫病死他乡。

一九一七年

曼努埃尔·古斯曼·马杜拉那编的五卷集《阅读课本》中收入她的五十五首诗歌。

一九一八年

她由教育与司法部长佩德罗·阿吉雷·塞尔达任命为智利最南端的城市彭塔阿雷纳斯市的学校校长兼卡斯蒂利亚语教师,在那里工作到一九二〇年。

一九二〇年

被任命为特木科市女子学校校长,在那里认识了少年时代的巴勃罗·聂鲁达。

一九二一年

被任命为首都圣地亚哥刚成立的特雷莎·贝略·德·萨拉黛亚第六女子学校校长。

一九二二年

应墨西哥教育部长何塞·瓦斯贡塞洛之邀,前往墨西哥参加教育改革,组建人民图书馆。在费德里科·德·奥尼斯教授力促下,她的诗集《绝望集》在纽约出版。墨西哥政府在墨西哥城创建加布列拉·米斯特拉尔学校。

一九二三年

墨西哥出版由她选编的《妇女读本》,首发量为两万册。墨西哥政府在首都一公园为她建立一座雕像。《绝望集》第二版在圣地亚哥出版。在智利大学校长葛里高里·阿穆纳德基的倡议下,智利初等教育委员会授予她卡斯蒂利亚语教师称号。

一九二四年

圆满完成在墨西哥教育改革任务,离开墨西哥。出访欧洲,在美国举行讲座。第二部诗集《柔情集》在西班牙马德里出版。

一九二五年

游历巴西、乌拉圭、阿根廷等国后短期回到智利,办理退休等手续。侄儿胡安·米盖尔·戈多伊在西班牙巴塞罗那诞生。被智利派往"国联"秘书处工作,前往欧洲。

一九二六年

访问中美洲、安的列斯群岛,到波多黎各和古巴举行讲座。居住在法国、意大利,领养侄儿胡安·米盖尔·戈多伊。

一九二七年

代表智利教师协会,参加在瑞士举行的国际教育工作者代表大会。

一九二八年

被"国联"理事会任命为驻罗马的教育电影研究所管理委员会的执行委员。

一九二九年

其母佩特罗尼拉·阿尔卡亚加去世。

一九三〇年

在美国的一些大学授课或举行讲座。

一九三一年

曾短期回智利,到过许多美洲国家。危地马拉、萨尔瓦多、巴拿马为她举行纪念会。在巴拿马获得"金兰花"金奖。

一九三二年

被派热那亚任领事。由于她的反法西斯立场,墨索里尼政权不接受这位女领事。她任危地马拉领事。

一九三三至一九三五年

任驻西班牙马德里领事。

一九三五年

智利任命她为终身领事,驻地任选。

一九三五至一九三七年

　　任驻葡萄牙领事。

一九三八年

　　任驻法国尼萨领事。

　　在阿根廷女作家、出版家维多利亚·奥坎波的支持下，第三部诗集《塔拉集》在布宜诺斯艾利斯出版。她将版权赠给西班牙内战中的孤儿。

　　此间曾在巴黎与居里夫人等一道在"国联"工作。

一九四〇年

　　任驻巴西尼德罗领事。

一九四一年

　　任驻巴西总领事，住在佩特罗波利斯。

一九四二年

　　她的朋友、奥地利犹太作家茨威格及夫人自杀身亡，引起她很大震动。

一九四三年

　　侄儿胡安·米盖尔·戈多伊死去，给她带来很大痛苦。

一九四五年

　　获诺贝尔文学奖。从巴西到斯德哥尔摩领奖后，以贵宾身份访问法国、意大利，然后以智利驻联合国代表身份到美国旧金山，负责刚刚成立的妇女事务部门工作。积极参加联合国教科文组织的筹建。为联合国儿童基金会写了一份题为《为儿童呼吁书》的号召书，广为散发，影响很大。任美国洛杉矶领事，后任驻美国圣巴巴拉领事。获加利福尼亚奥克兰弥勒学院荣誉博士称号。

一九四八年

　　任驻墨西哥韦拉克鲁斯领事。墨西哥政府有意赠给她一块土地，被她婉拒。

一九五〇年

任意大利那不勒斯领事,任地中海北部沿岸拉帕略城领事。

一九五一年

获智利国家文学奖。

一九五三年

在美国迈阿密短暂停留,不久后作为领事搬到纽约长岛。

一九五四年

在智利圣地亚哥太平洋出版社出版诗集《葡萄压榨机》。回国访问,智利为她举行隆重的纪念活动。不久后返回美国。获美国哥伦比亚大学名誉博士称号。

一九五五年

应联合国秘书长哈马舍尔德之邀,出席联合国人权大会。智利政府发给她一笔特殊津贴。

一九五六年

年底生病住院。

一九五七年

一月十日,在美国纽约长岛的一家医院病逝,享年六十七岁。遗体运回智利,在首都举行国葬仪式后,第二年安葬在故乡艾尔基山谷的小村蒙特·格兰德。

一九五八年

她的第一部散文集《向智利的诉说》出版。阿尔丰索·埃斯库德罗作序,圣地亚哥太平洋出版社出版。

一九六七年

智利波玛依雷出版社出版她的《智利诗集》。

# 米斯特拉尔主要作品集目录

**诗集**

《绝望集》,纳西缅多出版社,圣地亚哥,智利,一九二二。
《柔情集》,南方丛书,布宜诺斯艾利斯,一九二四。
《塔拉集》,洛萨达出版社,布宜诺斯艾利斯,一九三八。
《葡萄压榨机》太平洋出版社,圣地亚哥,智利,一九五四。
《诗歌全集》,阿吉拉尔丛书,马德里,一九五八。
《智利诗集》,波玛依雷出版社,圣地亚哥,智利,一九六七。

**散文集(编著)**

《妇女读本》,教育部出版署,墨西哥,一九二三。
《向智利的诉说》,阿尔丰索·埃斯库多出版社,太平洋出版社,圣地亚哥,智利,一九五七。
《物质》,阿尔丰索·卡尔德龙编,大学出版社,圣地亚哥,智利,一九七八。
《唱给美洲的歌》,马里奥·塞斯佩德斯编,埃佩萨出版社,圣地亚哥,智利,一九七八。
《加布列拉漫游世界》,罗克·埃斯特万·斯卡尔帕编,安德列斯·贝略出版社,圣地亚哥,智利,一九七八。
《加布列拉在想……》,罗克·埃斯特万·斯卡尔帕编,安德列斯·贝略出版社,圣地亚哥,智利,一九七八。

《加布列拉·米斯特拉尔宗教散文》,路易斯·巴尔加斯·萨阿维德拉编,安德列斯·贝略出版社,圣地亚哥,智利,一九七八。

《墨西哥素描》,阿尔丰索·卡尔德龙编,纳西缅多出版社,圣地亚哥,智利,一九七八。

《老师和孩子》,罗克·埃斯特万·斯卡尔帕编,安德列斯·贝略出版社,圣地亚哥,智利,一九七九。

《职业的非凡》,罗克·埃斯特万·斯卡尔帕编,安德列斯·贝略出版社,圣地亚哥,智利,一九七九。

《献给大地万物的赞歌》,罗克·埃斯特万·斯卡尔帕编,安德列斯·贝略出版社,圣地亚哥,智利,一九七九。

《该诅咒的字眼》,文化出版社,圣地亚哥,智利,一九五三。

《智利简述》,智利大学年鉴,纪念加夫列拉·米斯特拉尔专号,圣地亚哥,智利,一九五七。

《散文集》,何塞·佩雷伊拉编,卡佩卢斯出版社,布宜诺斯艾利斯,一九六二。

**书信集**

《致欧亨尼奥·拉巴尔卡的书信》(1915—1916),劳尔·席尔瓦·卡斯特罗编,智利大学年鉴纪念加布列拉·米斯特拉尔专号,圣地亚哥,智利,一九五七。

《加布列拉·米斯特拉尔与爱德华多·巴里奥斯书信集》,路易斯·巴尔加斯·萨阿维德拉编,天主教大学出版社,圣地亚哥,智利,一九五九。

《加布列拉·米斯特拉尔致胡安·拉蒙·希门内斯书信集》,拉托雷出版社,波多黎各大学,一九六一。

《加布列拉·米斯特拉尔爱情书简》,塞尔西奥·费尔南德斯·拉腊因编,安德列斯·贝略出版社,圣地亚哥,智利,一九七八。

《加布列拉·米斯特拉尔致拉多米罗·托米克的书信》,《时代报》,圣地亚哥,智利,一九八九,四月八、九日。

《一九一一到一九三四年间与加布列拉·米斯特拉尔以及雅克·马利丹的通信及回忆》,爱德华多·弗雷编,普拉内塔出版社智利分社,圣地亚哥,智利,一九八九。

《真有您的……与阿尔丰索·雷耶斯的来往与书信》,路易斯·巴尔加斯·萨阿维德拉编,哈切特出版社与智利天主教大学联合出版,圣地亚哥,智利,一九九一。

图书在版编目(CIP)数据

你是一百只眼睛的水面/(智)米斯特拉尔著;赵振江译.
—北京:北京燕山出版社,2016.10
ISBN 978-7-5402-4230-5

Ⅰ.①你… Ⅱ.①米…②赵… Ⅲ.①诗集-智利-现代 Ⅳ.①I784.25

中国版本图书馆 CIP 数据核字(2016)第 213951 号

智利弗朗西斯科机构授权北京燕山出版社使用加布列拉·米斯特拉尔作品。根据加布列拉·米斯特拉尔遗愿,其作品版权为智利弗朗西斯科机构所有,版权收益归蒙特卡罗格兰德山谷小镇和智利儿童使用。

## 你是一百只眼睛的水面

[智利]米斯特拉尔 著
赵振江 译
[智利]伊莎贝尔·奥哈斯 图
责任编辑/尚燕彬 金新芳
装帧设计/小 贾 张 佳
北京燕山出版社出版发行
北京市西城区陶然亭路53号 邮编100054
全国新华书店经销
北京市松源印刷有限公司印刷
开本 850×1168 1/32 印张 11 插页 8 字数 260,000
2017年1月第1版 2017年1月第1次印刷
定价:45.00元
版权所有 盗版必究